U0575761

一样的烟火
不一样的人生

李志斌　著

中国财富出版社有限公司

图书在版编目（CIP）数据

一样的烟火　不一样的人生 / 李志斌著 . -- 北京 : 中国财富出版社有限公司，2025. 6. -- ISBN 978-7-5047-8440-7

Ⅰ . I267

中国国家版本馆 CIP 数据核字第 2025S1P889 号

策划编辑	李小红	**责任编辑**	李小红	**版权编辑**	武　玥
责任印制	尚立业	**责任校对**	庞冰心	**责任发行**	杨恩磊

出版发行	中国财富出版社有限公司
社　　址	北京市丰台区南四环西路 188 号 5 区 20 楼　**邮政编码**　100070
电　　话	010-52227588 转 2098（发行部）　010-52227588 转 321（总编室）
	010-52227566（24 小时读者服务）010-52227588 转 305（质检部）
网　　址	http://www.cfpress.com.cn　**排　　版**　宝蕾元
经　　销	新华书店　**印　　刷**　宝蕾元仁浩（天津）印刷有限公司
书　　号	ISBN 978-7-5047-8440-7/I · 0386
开　　本	880mm×1230mm　1/32　**版　　次**　2025 年 6 月第 1 版
印　　张	7　**印　　次**　2025 年 6 月第 1 次印刷
字　　数	157 千字　**定　　价**　49.00 元

目 录
CONTENTS

最忆正月『铁梨花』

01

进入正月，在我的家乡当数打铁花表演最热闹。打铁花又被当地人称为打"铁梨花"。

过去，我们村百分之九十以上的家庭都从事石匠这一行当，主要以加工石料为生计。他们用于加工石料的每一件工具都有讲究，特别是用于锻造石头的钢錾，烧到什么程度才能上砧子敲打，如何淬火才能达到一定韧性，这需要匠人对铁性有所了解。淬火主要是将烧红的钢錾在水里蘸，有的钢蘸水时间长，钢性会变硬，用时就容易折断。好的匠人在钢性硬和软之间会把握得很好，所以家乡的汉子们很懂铁，铁也慢慢融入他们的生活中。

正月十四这一天，村里的人会用打"铁梨花"的方式庆祝节日。打"铁梨花"选在村北坡上的"三棵梨树底"完成（因坡上长有三棵梨树而得名）。每年正月十四晚上，"三棵梨树底"就成了全村的狂欢之处。男女老少都齐聚在此，他们把自家平时打铁用的风箱、火炉、用废了的铁拿出来用于打"铁梨花"。他们烧火，拉风箱，往坩埚里加废铁，等火炉上的铁变成铁水。全村老小迫不及待地等着表演开始，憋足了劲的汉子们严阵以待。这时，村里最有威望的长者会召集全村老小进行简短的祈福仪式，然后宣布开始。此时，拉风箱的女人们使足了劲拉着风箱，火苗在风的撩拨下直往外窜，男人们从火炉上挖出滚烫的铁水放到打铁花工具槽内，快步走到梨树下，左脚用劲向下蹬，左手紧攥着放有铁水的工具，右手紧握一根木棍，口里齐声喊着"哟嘿"，随着"嘿"的一声，右手的木棍直接打向左手装有铁水的工具，铁水立即被弹向梨树，瞬间与梨树的枝干相碰撞，顿时呈现出朵朵艳丽的红花，铁花也随着汉子们的节奏此起彼伏，孩子们在铁花的映衬下露出欢快的笑脸，空旷的田野顿时充满呐喊声和欢笑声。铁花此起彼伏，女人们拉风箱的节奏在加快，绽放后的铁花重重地落在地上，朵朵盛开的铁花就像家乡男人们的性格一样，即使摔倒在地上也铮铮作响。

热闹的景象是他们情感的最好释放，火一样的场景展现了他们对美好生活的向往，这一刻好与坏都被抛到云霄外，只求来年轻装上阵，为幸福生活再来一搏。

- 2021 年 2 月 24 日发表于《中国水运报》
- 2021 年 2 月 24 日发表于"学习强国"
- 2021 年 2 月 27 日发表于《太原晚报》
- 2021 年 3 月 9 日发表于《上党晚报》
- 2022 年 2 月 12 日发表于《山西妇女报》

儿时的菜窖

过去，农村家家户户院子里都会挖一口菜窖，用来储藏秋天收回来的白菜、白萝卜、红萝卜、土豆。《墨子·三辩》："农夫春耕夏耘，秋敛冬藏。"看来，庄稼人冬藏蔬菜由来已久。

我的家乡地处太行之巅，因山高地势险要，与天为党，故曰上党。儿时记忆中，物资匮乏，冬天，餐桌上能放上绿色蔬菜、大米、白面，是遥不可及的事。

每年秋天，母亲会把从地里收回的白菜、白萝卜、红萝卜、土豆，储存到院里的菜窖里。菜窖宽2米左右，长5米，深约3米，四周是裸露的黄土，菜窖下面的土略带潮湿，人站在下面能嗅到泥土的芬芳。用大人的话说：这样接地气，还能够保持住蔬菜的水分。蔬菜在菜窖里有序摆放好，菜窖预留的口上面会苫上用谷子秆编织好的草垫，再用石块压好防止外面冷空气进入。

整个冬季，母亲会从菜窖里拿出它们，变着法儿做出各种美食。调和饭（俗称菜饭）是家常便饭，它招庄稼人喜爱。做调和饭首先要从菜窖里拿出一个白萝卜，切成薄片和小米一同下锅煮，有时也会放点土豆块。根据口味轻重放入食盐，待锅里的米和菜煮到七分熟，母亲就会把擀好的细面条放进锅里。饭煮熟后，母亲把锅端到火台上进行下一道工序。这道工序叫烹锅。烹锅很讲究，它决定着饭的味道。所谓烹锅就是用大号铁汤勺放少许食用油，油达到一定温度后放入葱花炸黄再倒入酱油。此时，把铁汤勺连同焦黄的葱花迅速放入锅里，随着发出滋滋的声音，浓浓的葱香带着人间烟火从厨房迅速弥漫到外面。路过的人闻到香味，会随口喊一声：今晚又吃好饭了。现在物质条件好了，调和饭还会时常出现在我家厨房，它现在还变成了地方名小吃呢！

母亲视白萝卜为宝。民间常说，冬吃萝卜赛人参，不求大夫开药方。母亲对白萝卜有偏爱，煮、炒、炖……样样能制作出美味。用榆皮面做的萝卜、豆腐馅蒸饺或水饺；用花椒、大料、大葱、蒜炖的白萝卜汤……相比之下，红萝卜可做的花样不多，除了平时炒菜和过年吃羊肉饺子，母亲好像不太用心去做它。不过现在冬天我倒是喜欢吃羊肉炖红萝卜。

土豆的使命多。冬天，往酸菜里用擦丝器擦一个土豆进去，酸菜变得更加可口。玉米糊糊里放进土豆丝在鏊子上摊开，用温火烤熟就是一张香脆可口的烙饼。用蒸笼蒸的土豆泥也是口齿留香。冬天，从外面玩耍回来，围坐在火炉旁，烤着从菜窖里拿出的土豆，闻着土豆的香气，火炉旁的我馋得是满口生津。

每当春暖花开，菜窖里的蔬菜都纷纷退场，只有土豆还在等待着新的使命。初春，母亲会从菜窖中把土豆挨个请出，放在阴凉处，待长出芽眼后，把它们切成3~4块，找个好天气种到已耕作好的田里。土豆受命，又一次奔向四季轮回。

菜窖在母亲手里就像魔术师的百变箱。当你厌食时，她总会做出一道美味，勾起你的味蕾。即使在那样的艰苦岁月中，母亲也是把我们兄弟姊妹养得结结实实。后来我参军入伍，在新兵连，老兵们看我身体素质好，还以为我来自城市，我会笑着告诉他们：我来自大山，是一个山里娃。现在我已到了知天命的年龄，但是院里的那口菜窖仿佛已镌刻在我的生命里，让我时常怀念。

- 2021 年 1 月 6 日发表于《平度日报》
- 2021 年 1 月 11 日发表于《太原晚报》
- 2021 年 3 月 15 日发表于《承德晚报》
- 2022 年 1 月发表于《散文选刊》第 1 期

拾秋

03

秋风吹黄了地里的庄稼，吹红了满山遍野的酸枣。果园里的苹果、梨、柿子在风中摇曳着胖墩墩的身体，秋风把整个季节吹得如此饱满。一群小鸟不顾忌地边的稻草人，在谷子地里上下翻飞，挑逗着熟透了的谷子。被秋霜染过的山脉或红或黄，为平时熟悉的山平添了几分耀眼的秋姿。

站在北漳沟东山上，极目远眺，此时，五龙山下的北岭、谢家坟、南坡、八不落、罐的沟上空天高云淡，忙碌的庄稼人正在秋收，此景像大师笔下的一幅油画铺展在我的眼前。干爽的秋风带着秋的清香轻抚着我的脸，秋的滋味愈加浓了，也愈加深了。我木讷地伫立在那里，望着那一畦畦庄稼，思绪一下子回到童年拾秋的场景。

那时候，土地是生产队统一耕种。秋天，村里存放粮食的禾场最为热闹。禾场上堆满了收割回来的玉米、谷子、大豆和小杂粮。大人们把玉米、谷子、高粱、大豆粗加工后根据家庭人口和一年的劳动工分，按一定比例分发到户，这也包括要缴的公粮。

大人们忙着收割，孩子们也会在收割完的庄稼地里捡拾散落的粮食。

孩子们背着书包，手里握着镰刀跑到刚收割完庄稼的地里，捡拾丢在地里的玉米和撒落在地上的粒粒黄豆，这就是所谓拾秋。拾秋是孩子们一年中最快乐、最幸福的事，这是一个让孩子们长身体的季节。他们用小脚踩着铺在地上的玉米秆，用脚探着玉米秆下有无玉米，一旦发现就用镰刀翻开把玉米掰下放进书包里。孩子们在地里也不知累，一会儿工夫书包就捡拾满了。

捡拾黄豆虽费时间，但是孩子们却乐此不疲。撒落在地里金灿灿的黄豆特招人喜爱，因为黄豆可以制作多种美味。黄豆可以换豆腐，这是大人、孩子们都喜欢吃的。有时遇到雨天，黄豆就会被雨水泡大，把肥胖胖的黄豆捡拾回去，和酸菜一起炒就是一道美味佳肴。在物质条件丰富的今天，酸菜炒豆芽依然深受食客喜爱，黄豆从未下过庄稼人的餐桌。

每当苹果园的果子采摘完后，果园管理员会在每棵树上留下少量果子。梨树、枣树、楸子树上的果实让孩子们馋得流口水。平时果园看管较严，孩子们很少能涉足其中，有胆子大的孩子贸然进去，管理员发现后会告诉家长，孩子们免不了会受到惩罚。只有在秋天的时候，管理员才会默许孩子们跑进果园采摘。国光苹果最受孩子们欢迎，它酸甜可口，耐存放。每年孩子们吃得把牙酸倒为止，然后把剩下的存放到冬天以解馋。苹果放进木箱，整个冬天屋子里都会氤氲着苹果的香甜。

正是有过这段童年经历，我对粮食更加敬畏和珍惜。虽然现在物质条件好了，但是，一粥一饭，当思来之不易。

- 2020 年 9 月 23 日发表于《三门峡日报》
- 2020 年 9 月 25 日发表于《广饶大众》
- 2020 年 9 月 28 日发表于《娄底晚报》
- 2020 年 10 月 1 日发表于《灌云报》

跟着奶奶采冬花

04

在冬天，家乡的小河边会开出朵朵紫红色的小花，叫冬花。冬花是一款止咳良药。

童年的我每年冬天都会跟着邻居奶奶去村里小河边采冬花。奶奶虽然年事已高，但身体非常硬朗，手脚很灵活，她以采中药为生计，她采药无所不涉，党参、柴胡、黄芪、连翘、苦杏仁等都是她要的。

有一年冬天我到邻居奶奶家玩，看到她正在拾掇许多紫红色的花蕾，我感到奇怪，大冬天哪来的花骨朵。我问奶奶这是啥，奶奶很耐心地告诉我："这是冬花，很珍贵的一种中药，它就生长在北漳沟村的小河边。这花只有在冬季才会开，它还是治疗咳嗽的良药呢。"我听后点点头，心想，冬天河边竟能长出这样奇特的小花。我问："奶奶，我能跟你一起去采药吗？"奶奶爽快答应说："行！"

第二天吃过中午饭，我就从家里拿上小钢钎跟着奶奶到北漳沟东边的里沟小河边去采冬花。我们在结了冰的河床上慢慢寻找着，不一会儿工夫我们就发现了冬花的身影。小小的紫红色花蕾静静地藏在小河边，在太阳的照射下像宝石一样晶莹剔透。我顺着河床慢慢寻找着，一下午我采满了两口袋，奶奶看到我的收获很是替我高兴，她告诉我，冬花烤干以后可以到镇上的药材收购站换钱。

回家后我把采来的冬花放在火炉旁边慢慢烤干。在一个星期天的上午，我拿着烤干的冬花跑到荫城镇药材收购站，收购站工作人员过秤后，给了我3元钱。我拿出5角钱到镇上的新华书店买了两本小人书，其中一本是《鲁滨逊漂流记》，主人公的冒险精神、乐观态度深深吸引了我。从那一刻起，我对大海有了最初的印象，这本书让我知道了大海之浩瀚、世界之辽阔。山里的我有了对外面世界的无限遐想，那一年我刚十一岁。

在以后的冬季里我会如期来采冬花，我用卖冬花的钱买课外书，同学们都很羡慕我。

有一年冬天，天气异常寒冷，风声像狼的嗥叫声，风里像藏着许多小刀，划在脸颊上隐隐发疼。我的一位邻居婶婶可能受寒较重，白天、晚上不停地咳嗽，都快持续一个月了，什么办法都用了就是不见好。母亲就拿上我采摘回来的冬花让婶婶泡水喝，喝了一星期后婶婶竟奇迹般治愈了。从此以后，婶婶家有什么好吃的总忘不了给我留一份。

参加工作后，冬花渐渐离我远去。但是，童年伴我成长的村庄、山川、河流、冬花，还有儿时的小玩伴时常出现在我梦里。现在我还常想，冬花不畏酷寒，在它特定的生命里绽放出属于自己的光彩，是何等具有生命价值。

赞美梅花、雪莲花的文章和诗句很多。我从未见过有哪位文人赞美过冬花。冬花自知放低身段，静静地在那里开着。

- 2020 年 11 月 19 日发表于《鹤岗日报》
- 2020 年 11 月 30 日发表于《江汉大学报》

母亲的土地情缘

一个周末的上午，妻子指着院里一畦韭菜说："韭菜比去年长得宽了也壮实了。"我随着她的话音，走到了菜池旁，我蹲下身子，看着绿油油的韭菜和去年秋天压在菜池里的葱，葱长势很旺盛，葱尖上开出一朵朵饱满的葱花，像一个个大脑壳，又像一朵朵蘑菇云。妻子说，葱花再长些日子，籽就成熟了，采下的葱籽在秋天就可以下种了。

其实，菜池原计划是种花的。我们搬到新盖的二层小楼房时，为美化一下院内环境建了一个花池，花池建好后母亲不同意种那些花花草草，执意要种蔬菜。用母亲的话说：花花草草又不能顶饭吃，蔬菜不但是食材还能美化环境。拗不过母亲，也只好随她了。从此，花池变成了菜池。随着季节的变换，里面常有西红柿、茄子、豆角、香菜的身影出现，花池里的菜丰富着我家的餐桌。

母亲对土地的情缘由来已久。记得小时候，粮食短缺，当时又是村集体统一耕作，村里给每户留有自留地，母亲总是把自留地打理得有条不紊，就连地边乱石中的一小块土壤她也要种下几株玉米。记得有一年，我和母亲一块去玉米地里锄草。母亲让我把岸边那几株玉米旁的草薅了，淘气的我觉得好玩，把刚长出的玉米苗也薅掉了。这可把母亲惹急了，她眼里含着泪花狠狠批评了我。从此，我知道庄稼对母亲是多么重要。

中共十一届三中全会后，农村土地承包到户，母亲也是这个时候当上村党支部书记。当上村党支部书记后，她想的就是村里的事了。她充分利用村里的每一寸土地，带领村里的群众出义务工，平整土地、栽苹果树发展经济林。当时母亲植树造林，引领全村奔小康的事迹还被《山西妇女报》报道。随着村里的人口增多，土地紧缺，母亲又在河滩上做文章，在不影响河道防洪的情况下带领村民改造耕地，满足村民对耕地的需求，解决他们的口粮问题。母亲当选为县、市党代表后，她有了更多建言献策的机会，她提交的议案也是关于保护耕地、保护生态的。

母亲患有严重的风湿性关节炎，手关节严重变形，虽然坚持治疗，但是病情没见好转。每天晚上被病痛折磨着，但天一亮她还是会跑到田地里去打理地里的庄稼。她常讲：农民不能没有土地，也不能离开土地，土地是咱的命根子啊！2017年，母亲身体大不如以前，风湿病愈加严重，身体明显消瘦。当母亲拖着虚弱的身体来到市和平医院做全面检查时，检查结果竟是胃癌晚期。这一消息似冬季里的一场寒雪，让我们家充满寒意。我们一家人商量决定，不管花多少钱也要给含辛茹苦的母亲医病。乐观的母亲在生死问题上很看得开，她说，人终归有一天会走的，活好当下最重要。在弥留之际，母亲把我们兄妹三人叫到床前交代：生活中顺也好不顺也罢，都要学会坚强和自食其力，家里承包的土地今后我也不管了，但你们千万不要把地荒了。等你们老了，出不去了，种种地，也有个事做。

2018年5月，母亲永远离开了我们。在整理她的遗物时，一个裹得严严实实的红布包裹引起了我们的注意，我们小心翼翼地打开，呈现在眼前的是三十多本荣誉证书，从镇政府到市政府授予的各类称号全有："优秀共产党员""劳动模范""植树造林先进个人"等。

母亲走了，不管她生前有啥光环，在我们眼里她只是一位乐观、慈祥、勤劳、智慧的母亲。虽然她没有给子女留下什么物质财富，但她一生坚韧的品格和对土地的敬畏让我们受用终生，也将影响着子孙后代。

- 2021年6月10日发表于《楚天都市报》
- 2021年6月25日发表于"学习强国"
- 2021年10月12日发表于《人民号》文艺云

记忆深处的那条红领巾

06

童年，难忘第一次戴上那条鲜艳的红领巾的时候。当时，老师说，同学们现在佩戴着的红领巾是红旗一角。老师接着说，哪位同学能告诉我红领巾为什么是红旗一角。教室里鸦雀无声，没有一个同学能够回答上老师的提问。此时，老师语重心长地给同学们讲：红色代表着我们今天的幸福生活是无数革命先烈用鲜血换来的，同学们今天能坐在教室里读书要倍加珍惜。红领巾是三角形，它象征着红旗的一角，是要告诉同学们好好学习，长大了用学到的知识报效祖国。我当时虽然有点懵懂，但是这次语文课已在我心里播下了爱国的种子。

随着年龄的增长和知识的积累，特别是看露天电影里的革命故事《闪闪的红星》让我心灵大受触动。潘冬子小小年纪，形象却如此高大。胡汉三吊打潘冬子，逼他说出父亲潘行义的下落，潘冬子始终守口如瓶。1934年秋，红军被迫撤离，潘冬子得到了父亲一颗军帽上的红色五角星。在一次游击战中，潘冬子母亲为掩护乡亲们撤退壮烈牺牲。1938年，潘冬子和父亲重逢，经历磨难的潘冬子戴上那颗闪闪的红星，跟随父亲踏上了革命新征程。电影里的插曲《红星照我去战斗》听得人热血沸腾。电影《小兵张嘎》描述了一个少年的满腔爱国之情，嘎子是多么渴望加入八路军、融入革命队伍，加入八路军后，嘎子与战友们奋不顾身，英勇战斗。整部电影诠释了一个少年的成长和蜕变。

在文化艺术匮乏的岁月里，一场电影就是一场文化盛宴，我在每一次观影后都会汲取到一股力量。革命电影不但丰富了人们单调的生活，还是人们灵魂的一剂良药，更是一股暖流滋润着人们的心田，鼓舞、激励着我们克服各种困难，向着人生追求的目标迈进。同样，在语文课里也常有红色故事激励着同学们，如《草原英雄小姐妹》中龙梅和玉荣保护羊群的故事；《邱少云》《谁是最可爱的人》展现了一群热血青年赴朝作战的英雄气概、舍生忘死的精神。

看着、听着革命故事长大的我，于1983年如愿参军。入伍后，我成为一名光荣的火箭兵战士。随着部队国防现代化建设和科技高速发展，在工作中我时有力不从心的感觉。当时中队长刘玉生鼓励我："只要努力学习，认真领悟就没有学不会的！"在中队长的关心指导下，我利用休息时间加班加点学习，不懂就向专业好的战友求教，战友的帮助加上个人的勤奋学习和努力，我很快成为部队骨干。我向党组织递交了《入党申请书》，经过党组织培养，我于1986年光荣加入了中国共产党并成长为一名班长。我多次代表中队参加部队组织的军事比武，并获得个人第一的好成绩，先后三次荣立三等功。

现在，我已转业到地方工作多年了，少年时的那次爱国启蒙教育就像一盏指路明灯，总会在迷茫时给予我力量。目前，全党正在开展党史学习教育。承蒙组织信任，单位领导安排我给同事们讲授了一堂党课。在学习党史中我感悟到了党的思想伟力，进一步增强了历史自觉和担当。

- 2021 年 6 月 22 日发表于"学习强国"
- 2021 年 7 月 7 日发表于《东莞日报》
- 2021 年 7 月 18 日发表于《长江日报》

秋天的酸枣树

　　酸枣树从未挑剔自身的生存环境，无论土地多么贫瘠，山岗的缝隙、黄土坡的断壁颓垣、堰头沟底，都能看到它的身影。它始终像一个士兵用不屈不挠的身姿守护着脚下的土地，用坚毅和不屈的躯体诠释着生命存在的意义。

　　秋风萧瑟，层林尽染，穿行在秋的韵味中。太行山的这片土地，用它宽厚的臂膀和热情的怀抱，迎接着赏秋的客人，无论你有意或无意想要躲避这秋的浸染，都是徒劳，它用秋天特有的热情把你紧紧揽在怀里。

　　只有置身于这样的环境中，才能真正体会到秋天的价值，历经春与夏，经历风雨和雷电，太行山又迎来了一年的丰收季。我对酸枣树是有敬畏之心的，一棵棵酸枣树生长在石头的夹缝和沟壑、断崖中，它们在风雨中挣扎，在岁月中经受洗礼，在逆境中挺立不倒。从生命的意义上，我始终能感受到它有一股蓬勃向上的力量，它在向大自然昭示着生命的倔强与高傲，深深触动着人们的灵魂。生长在如此环境中的酸枣树，它不但在春天给大地奉献了一片翠绿，还顽强守护着脚下这片贫瘠的土地，因为有它，太行山的土地才不致过度流失。秋天，挂满枝头的红彤彤的酸枣装扮着大地。如此画面咋能不让人醉在秋色之中？置身其中，能感受到酸枣树用信念践行着对生命的执着。

只有真正走近它，你的内心才会被一种不屈的精神震撼，你才会被它这种有韧当然无自弃的精神折服。

无论脚下的土地是何等贫瘠，它从没有放弃对生命的希望，它根系发达，深深扎在大地之中紧紧锁住脚下这片土地。无论生命被置于何等卑微的境地，它都会积极向上，用一股蓬勃的力量诠释着生命的意义。

酸枣树有钢铁般的意志，在这样强大信念的支撑下，它成长过程中遇到的困难终会溃不成军。

不要为失落而感到难过，也不要为年少轻狂而自责和后悔，因为生命的旋律本就是起伏不定的，一首经典的乐曲就是在起落中达到高潮。只有你悟出了生命的价值，你才会有出彩的人生，也就会活得与众不同。

酸枣树无处不体现着对人类和自然界的恩泽，它用生命在守护着这片土地，长满枝头的酸枣有很多用途。农闲时，村民打回来的酸枣能换点零花钱贴补家里的日常开销；平日里，酸枣是人们口袋里的休闲食品；冬天大雪封山时，酸枣成了鸟儿的救命粮。正是酸枣树的这种精神，才让这片土地越发精彩。

尽管有许多赞美酸枣树的文章，当你真的领悟了它，所有的赞美之声都显得单薄而微不足道。酸枣树从不刻意向人们炫耀什么，它向人们叙述的是生命的艰难。即使命运卑微，也要活出自我，这一切彰显出不向困难低头的顽强。

生命之所以高贵，正是因为有那种锲而不舍的精神。酸枣树从未埋怨过身处的环境，而是积蓄全身力量，在大自然中绽放出属于自己的精彩。倘若我们能从酸枣树身上领悟到生命的意义，还有什么困难不能克服？还有什么逆境能阻挡我们前行的脚步？

- 2021 年 9 月 15 日发表于《东莞日报》
- 2021 年 10 月 7 日发表于加拿大《七天》报
- 2021 年 11 月 2 日发表于《松江报》

石碾

08

　　小时候，村庄的碾子是每家每户生活中的必需品。我们村从西头到东坡，绵延一公里，居住着百十户人家，有八盘碾子零散安放在村中。碾子见证着村里人日出而作、日落而息的田园生活。

　　小时候粮食匮乏，为了粗粮细作，庄户人会到山上剥来一些榆树皮，晒干后，在碾子上磨细，再用细筛子筛。筛好的榆皮面掺上玉米面可以做出很多美食，软嫩滑溜，这些美食对于吃不上白面的村民们来说，已足够让人满足了。

　　腊月，是碾子最忙的时候，家家户户都会把攒了一年的余粮拿出来，到碾子上磨。玉米用开水泡一下，到碾子上脱掉皮，磨成面，发酵后的玉米面揉成花馍，馍上放两个枣，在笼上蒸熟，就成了枣糕，这也是正月里串亲戚的佳品。枣糕的谐音是"早高"，寓意着早日高升。小麦磨的面粉一般要招待客人，一碗猪肉臊子拉面，便是接待亲属的最高礼仪。

　　推碾子是个累活，平时可以借生产队的驴来拉碾子。年关时，家家都要用碾子，轮到谁家用就全家老小来推碾子。碾磨后的玉米、小麦会散发出淡淡的清香。我喜欢这种味道，帮家里推碾子，一圈一圈乐此不疲。腊月里，没有一盘碾子闲下来，转动的碾子成了村庄最亮丽的风景。后来，村里有了加工厂，电磨替代了石磨。一段时间后，村民好像并不认可，他们还是喜欢用石碾加工粮食，他们说，石碾磨的粮食香。

现在，村里唯一一盘碾子矗立在村西，早已完成了它的历史使命。它安放在此，主要是向人们展示过去的农耕文化。但是，碾子转走的岁月永远留在了全村人的记忆中，深深烙在了每一个村民心中。

· 2021 年 12 月 30 日发表于《廊坊都市报》

春耕时节
话农具

    俗话说，春打六九头，人勤春来早。早春时节，勤劳朴实的庄稼人早已在地头忙活起来，他们把对丰收的憧憬播撒在这希望的田野上。

    我的家乡北漳沟地处巍巍太行山的褶皱里，村里住着一百多户人家，耕种的三百多亩山地大多在山坡上。在农业现代化的今天，机械化的农机具已代替了昔日牛耕人拉的传统耕种方法。家乡的小村庄，因地势特殊，机械无法在这里作业，村里依然延续着原始的耕作方式。

    镬头、锄头、铁锹、耙子等原始农具，依然承担着农事。在农具中，镬头是使用率最高的农具。只有大雪封山时，镬头才能消停一下。农闲时，庄稼人会扛上镬头上山刨药材补贴家用。打柴火，镬头有时要比斧头还好用。

    记得有一年我们几个小伙伴到山上打柴火，一个小伙伴贪玩，把镬头掉在沟里找不到了。回家后，这个小伙伴遭到家长一顿骂，一家人像丢了孩子似的，全家爬上山去找，用了一上午终于从沟里找回镬头。在农具中，一年之中镬头很少有闲的时候，庄稼人对镬头自然厚爱三分。镬头的柄需要顺手耐用，庄稼人通常会砍一棵手腕粗的槐树做镬柄，槐树木质坚硬，弹性好，是做镬柄最好的材料。

初春时节，气温逐渐回升，土地松软。此时，庄稼人肩上扛一把镬头走到田间，挥动着手里的镬头，一下一下往前刨着。他们把刨出结块的土坷垃娴熟地用镬头敲碎，顺手用镬头平整一下，继续向前刨，一般三天左右可以刨完一亩地。一块地刨完后，再用耙子平整完，就可以在适当时候下种了。

这里的土地适合种植耐旱的玉米和小杂粮。种玉米离不开镬头，玉米地的行距和株距确定后，庄稼人会用镬头在田里刨下小坑，随后小坑里撒下肥料，坑里倒满水，待水渗到土里后，撒上玉米种子，再用镬头搂土把种子埋好就算完成。玉米地的行距间通常会插种大豆，种大豆相对简单，所用农具是铁锹，庄稼人手握锹柄，把脚踩到铁锹上面，脚用力往下踩，当锹有大半部分插入土中，然后顺势往前一推，土就裂开一个大口子，这时，庄稼人会从布袋里抓几粒大豆种子扔进去，随后顺势抽锹覆土，插种就算完成。

种子很快在田里发芽，它们沐浴着春风、春雨，几天后就伸出嫩芽。玉米长有一尺高后，野草也会跑来凑热闹，它们争抢地里的养分疯长。此时，锄头就要上场了。锄头要比镬头宽3公分，一锄下去，往怀里一拉，田里2尺多长的土地上草就除掉了。除草剂除草，虽然方便快捷，省时省力，但村里人还是喜欢用锄头除草。他们说，锄头除草不伤地，绿色环保，他们对待耕地就像呵护自己的家人一样。

镰刀用于秋天收割庄稼，一把小镰刀，收回了庄稼人的丰收和希望。

如今，庄稼人的生活就像芝麻开花节节高，种地已不是他们家庭经济的主要收入来源。家家住上了二层楼，有的还有私家车。他们也开始注重儿女的成长教育，村子里，到城里读大学的农家子弟已越来越多。过去，春种、秋收靠肩扛人推的日子已经过去。现在，三轮车道都修到了田间地头，大大方便了春播秋收。在这里，村民们沿用原始工具劳作，保留了农耕文化的活化石。我不禁对他们的坚守而心生敬意。

· 2022 年 4 月 20 日发表于《今日云龙》

一棵枣树

10

　　小时候，我家窑洞门前有两棵梨树、一棵歪脖子杏树和一棵枣树。冬去春来，它们自由自在生长着。谁也记不清树是谁在哪一年栽下的，它们的根慢慢地扎在了我的记忆深处。每到春天，梨花和杏花竞相开放，展示着大自然之美。可是那棵枣树，慢悠悠的，总是不急着开花，我急得问妈妈：是不是今年枣树活不过来了？妈妈总是笑着说，它还不到开花的时候呢！等梨花、杏花开谢了，枣树才羞答答开出小米粒一样的小黄花。

　　窑洞门前那棵枣树，和村子里的枣树结出的枣不一样，名字也特别，叫核桃纹枣，名字很有文化气息。枣树结出的枣大如核桃，咀嚼起来细腻甘甜，特别受大人小孩喜爱。繁茂的枝条向四面散开来，酷似撑起的大伞，吃饭的时候，一家人都喜欢坐在枣树下。小孩子们有事没事都喜欢跑到枣树下玩游戏。枣树的树干很直，树皮像一位沧桑的老者，布满了岁月留给它的纹路。它见证着人世间的沧桑，见证着窑洞的变迁和孩童们的成长。

　　枣树是慢性子，在百花争艳的季节，它裸露着一身光秃秃的枝条，不急不躁。等到初夏，枣树发芽，抽出嫩叶，米粒大小的花蕾从叶茎上一点一点挤出，绽放出小喇叭形的细碎的花朵。此时，花的使者蜜蜂一群一群飞来采花粉，树枝间"嗡嗡嗡嗡"地响起一阵蜂鸣声，窑洞前的气氛也因此变得欢快了许多。蜜蜂酿出的枣花蜜，养血安神，有护脾养胃的功效，那可是上等的好蜜。

枣树叶子青绿、椭圆、剔透。细小的枣花藏匿在繁茂的枝叶间，安然自得。站在树下，虽然不容易发现枣花的影子，但是，浓郁的香气从树上弥散开来，沁人心脾，令人浑身舒服。

枣树脾性坚韧，它不争春，默默积蓄自己的力量。一旦时机成熟，它会释放全身力量，奉献出它的花香，让花香酿出最美最醇的枣花蜜。

回忆起窑洞前那棵枣树，总是思绪万千。老枣树留下了童年的回忆。现在，窑洞已经坍塌，枣树也不知哪年哪月离开了。有人说，一天夜里，有人悄悄挖走，把它移到城市做了风景树。如果是真的，那也好。到了城市里，它能让更多的人闻到它的芳香，让更多的人学会它的品格。

我们走出窑洞，走出村庄。老枣树也走了。人和树一样，无论走到哪里，都不会改变那刚毅的品格。

- 2022 年 6 月 8 日发表于《山西日报》
- 2022 年 6 月 11 日发表于《山西妇女报》
- 2022 年 11 月 3 日发表于《乐陵市报》

11 穿军装的全家福

屈指算来，儿子参军入伍，已是第五个年头，前几年他都不曾回家过年。

2014年，儿子大学毕业。他带着"男儿何不带吴钩，收取关山五十州"的豪情，光荣地加入火箭军方阵。

想起他刚入伍的日子，我心里总有点酸楚。在新兵连，跟家人通话的时间对我们来说弥足珍贵，有时正说在兴头上，就听到儿子说："妈妈，保重！后面还有战友要与家人通话，先挂了。"那时，爱人手里仍紧握着电话听筒，贴在耳边迟迟不愿放下。有时候，她听到电话那头儿子沙哑的声音，就黯然落泪。在等待电话的一周时间里，她总会拿出儿子的照片痴痴地看着，久久不能入眠。

有段时间，她总向我埋怨："你们单位那谁谁，不都提前把儿子工作给安排好了？就你把儿子送这么远！"

每每这时，我也只能呵呵一笑："好男儿志在四方，咱儿子是雄鹰，雄鹰就应该展翅高飞。儿子有自己的思想和追求，我们应该多支持、多鼓励才对。"可一转身，我的眼睛也湿润了。

2016年，儿子没有和我们商量，就向组织申请了大学生士兵提干，同年9月被军校录取，所以回家过年的愿望一直没有实现。特别是他毕业后在基层工作，打电话的时间更少了，手机经常处于关机状态。儿子能够回家过年，对我们来说成了一种奢望。有几次，他说能回来，可都因学习和工作的任务一次次错过。

今年腊月廿二，儿子突然打电话来说，部队安排他回家过年。爱人挂断电话后，就再也闲不下来，从买年货到打扫家里的卫生，忙得像一个不知疲倦的陀螺。我知道，这一天她已经等了五年。

几次电话里，爱人都反复叮嘱儿子回来时一定带上军装，她想看看儿子穿上军装站在自己面前的帅气模样，最重要的，是一定拍张全家福。

从回来的第一天起，他们娘儿俩就有着说不完的话。看着飒爽英姿的儿子，她乐得合不上嘴。儿子也一直陪着她聊天、做饭、拜访亲戚。

正月十六，是和影楼约好照全家福的日子。整整两个小时，我们一家三口在摄影师的安排下换好衣服，配合各种造型，忙得不亦乐乎。看着儿子穿着笔挺的军装，爱人一会儿摸摸他的肩章，一会儿看看臂章，似乎总也看不够，脸上洋溢着幸福的笑。

突然想到，我也曾是一名铁骨铮铮的军人，虽然我脱下了军装，但军人的担当却一直在延续；虽然我早已离开军营，可那里留着我一生无法割舍的战友情……看着眼前身着军装的儿子，我多想再穿起那身军装，和儿子、爱人拍一张全家福。

走出影楼时，我问爱人："你最想和儿子说什么？"她眼里透着欣慰，然后举起右手示意儿子击掌："加油，妈妈永远支持你！"

· 2019 年 3 月 12 日发表于《火箭兵报》

槐花飘香

　　五龙山脚下，深藏着一个小山村——北漳沟，村里的山坡上成片的槐树林随处可见。每年五月，满坡槐花的甜香味就会飘遍整个山村。此时，村庄到处洋溢着槐花的清香，那淡淡的甜香让人陶醉得神魂失措。这里就是我生活了17年的故乡，能让我留恋和回忆儿童时光的也莫过于村里那槐花了。

　　想起儿时饥荒的年代，有槐花的日子便是最幸福的时候。在这个季节里，母亲会去对面南坡上采摘回几箩筐槐花。采来后第一道工序就是烧开水在锅里烫一下，然后在清水中涮几遍再放到凉水里泡几个小时。听母亲讲，槐花含糖量高，涮、泡是为了去掉多余的糖分，这样吃起来口感会更好。一切准备工作做完后，母亲就想着法子做有关槐花的美食了。槐花玉米面加榆皮面水饺、蒸饺、槐花玉米面拨烂子，还有野生小蒜拌的槐花菜，轮番上桌。在那物资匮乏、饮食单一的年代，这些食物对于长身体、味蕾敏感的少年还是很有诱惑力的，每每这时我就有一种满足感。

　　参加工作后，每到槐花盛开的季节，母亲都会摘些槐花，很用心地给我们兄弟姊妹每人备一份加工好的槐花，然后打电话让我们回家去拿。

去年母亲走了，再也没有人给我们采摘槐花了，但是在槐花绽放的季节我又想家、想母亲了。

星期天我和爱人商量好，驱车回家采摘槐花，我们开了40多分钟车就到村口了。刚一进村，那排排垂柳在微风的吹动下，像婀娜多姿的少女舞动着身体欢迎我们，树上的喜鹊在枝头飞来飞去喳喳叫个不停，好似也在欢迎我们回家。爱人和我心里美滋滋的。再往里走，映入眼帘的是跟着花期跑的养蜂人，他们称自己为追花人。平整的地面上几排蜂箱排列有序，蜂箱的旁边是两个帐篷，帐篷外除放着日常用品和一辆摩托车外，还有一块特别醒目的太阳能电池板，在太阳照射下反着幽暗的亮光。一个中年男子斜躺在藤椅上悠闲地看手机，女的则在洗衣服，蜂箱周围的蜜蜂嗡嗡地飞来飞去，向蜂箱运送着刚采回的槐花粉。

我们开着车继续前行，很快就到了槐树林，槐树长得不高，我们随手就能摘到槐花。我俩看着眼前这稠密的槐花喜坏了，随着微风吹过，一股清香飘到我俩面前。我闭上双眼，深深吸一口气，那甜润的幽香立马钻进鼻内，沁人心脾。我们快速地采摘，蜜蜂也是不知疲倦地在花间飞来飞去采着花粉，蝴蝶在花间翩翩起舞，好一派生机勃勃的田园画卷。

这时，我的发小建国赶着一群羊过来，他停下来要帮我摘，我劝他忙自己的，他说羊有草吃就不用管，只要不跑到田地里吃庄稼就行。通过聊天我了解到，前几年他养土鸡没挣多少钱，现在改养羊了。北漳沟这地方土地肥沃，草长得好，沟沟壑壑长满了苜蓿草，里沟的泉水长年流，羊喝着泉水、吃着苜蓿草自然肉会鲜嫩。听建国说羊都有人定下了，冬天称下重量就行了，我听后也为他高兴。说话间就摘满了两编织袋，建国要留我们吃饭，我说有事要回，我也邀请建国抽时间去市里。

回家后，我们按母亲的方法减糖后把槐花放到了冰箱里。这样一年四季都能吃上槐花。包饺子、蒸包子，或闲暇时约几个好友凉拌一盘有着家乡味的槐花菜，倒上一杯白酒推杯换盏，共同回忆一下年少时的乡下生活，也算是人生一大乐事。

- 2019 年 5 月 30 日发表于《太行日报》
- 2021 年 6 月 1 日发表于《山西市场导报》

13 读书可以放大人生格局

　　年少时，我是村里出了名的野孩子，双脚几乎丈量了村里的每个角落，鞋子每年要比同龄孩子多穿破几双。上树掏鸟窝、上山摘野果对我来说是家常便饭，就算村里管理较严的"八不落苹果园"也是我常光顾的地方。为这事，果园管理人员没少到我家告状，我也挨了不少板子。当时老师也教育我：书中自有黄金屋，只有读书才能改变命运。但是我总觉得好好读一天书，远比不上玩来得痛快，更比不上给家里的猪拔一筐野菜、在地里帮大人干点活实在。村里人把庄稼地看成生活的唯一希望，他们对孩子读书也没过高要求，求的是身体健康、能吃饱饭。

　　1983年，我参军入伍，三个月的新兵训练结束后，我被分配到技术密集的核心分队，发现这里大学本科生占一半以上，研究生在这里也不稀缺。他们用自身知识和才华熟练驾驭着国之重器。我的"三观"被彻底颠覆了。这时才懂得知识不仅可以改变命运，还可以改变世界格局。

我暗下决心一定要珍惜军旅生活，好好学习，这里受过高等教育的人多，搞不明白的问题可以找人问。我暗下决心要把以前在学校丢掉的课程补回来。我让家里人把我以前的课本收拾整理好，并借了小玩伴文广一部分课本一并寄给我。我还买了大量杂志和文学方面的书。就像久旱的庄稼地遇上了甘露，我白天训练晚上看书，为不影响战友休息就钻被窝里打开手电筒看书。在一次全团干部战士大会上参谋长说道："我们团有个战士晚上在被窝里打开手电看书，大家知道是谁吗？"台下竟异口同声地喊出了我的名字。后来我试着写文章向报社投稿，稿件常被采用，每当在营区听到广播里播报我的稿件，我都能感受到战友们肯定和赞许的眼神。

　　后来部队有意识培养我，选送我到专业性很强的工程技术总队学习进修。在总队，我从基础物理知识和应用知识学起，虚心向教员和技术过硬的学员请教。结业后回到部队，我很快就成了岗位上的技术骨干，在基地和团组织的比武中我多次夺冠。

　　可是刚转业到地方后，我每天沉浸于世俗的各种应酬和无谓社交中，光阴一天天虚度过去。慢慢地，我反省、自责，找寻自己迷失方向的根源。随后，我戒掉了一切无谓的社交和酒局，拿起书本，让书里的哲理来感化挽救自己的灵魂，用学识充实心灵，闲下来时找一隅安静之地，泡一壶清茶，闻着茶香，捧着带有墨香的书在知识的海洋中遨游，我重新拿起笔把对生活的感悟写成稿件投向报社和网络平台。读书、写作使我的精神充实了，方向变得清晰了，生活也因此变得明亮起来。

读书是一种状态，是一种习惯。当拿起书的那一刻，你的人生格局就会变大。

· 2019 年 11 月 7 日发表于《太行日报》

用使命和担当筑牢疫情防线

　　时间定格在2020年2月18日23点，长治市潞州区城市街道上空无一人，路灯散发着橘黄色的光，照在这空旷且带有寒意的街道上，偶尔能听到汽车在路上滑过的声音。市区居民楼内透过窗户能够看到稀稀疏疏亮着的灯。当晚的夜空没有月亮，几颗寒星在天空闪烁着，街道上一阵寒风掠过，让人感到孤独和寂静。此时，长治市潞州区英雄南路街道演武社区办公楼内灯火通明，社区党委书记赵彩霞和社区工作人员刚刚吃完泡面，正忙着汇总当天各防控点摸排的情况。根据摸排掌握的情况，必须今夜拿出解决方案，以便明天安排落实到位。

　　从除夕开始，社区工作人员按照上级安排部署一律取消休假。他们加班加点在小区建立新冠疫情防控点，指导各物业公司开展新冠疫情防控工作。春节期间，他们放弃了和家人团聚的机会，把守土有责放在首位。他们在防控工作中不分昼夜连轴转，明白越是在关键时刻越不能有半点松懈。中午不能回家吃饭就在单位吃泡面，有的同志连续几天吃泡面，都口腔溃疡了，晚上回家更是没个准点儿。他们的付出，终于换来了居民从恐慌到科学预防、从排斥到理解支持。

防控一线，工作千头万绪，社区工作人员承受着巨大压力。演武社区共有12个小区2743户，单靠社区工作人员完成防控工作会很吃力。2020年1月26日，演武社区党委向社区报到党员、居民代表、社区志愿者发起倡议：要求大家勇当志愿者，积极加入抗击新冠疫情第一线，呼吁大家利用手机微信告知家人和小区居民不信谣、不传谣，团结一心众志成城科学防控。

演武社区炉坊小区平安志愿者宋忠平来了，宋忠平曾获"全国优秀志愿者"称号，他在小区里很有威信和号召力，在很短时间内就召集好小区志愿者、居民代表100余人。他们在党委书记赵彩霞的指导下严格按照网格化在小区开展入户宣传并会同物业公司发放小区出入证；在小区醒目位置悬挂宣传条幅，组织"党旗下的小喇叭"流动宣传站，并承担起小区卫生消杀工作。他们定期背着三十多斤的喷雾器来到小区院内对居民阳台、单元门等死角进行消毒。他们用行动为小区筑起了一道坚固的疫情防线。

社区70岁的老党员王凤仙来了，她得知社区人手紧张就请缨投入社区防控工作，每天都会在小区内对不按要求戴口罩人员进行劝导。

在职党员王艳来了，王艳是潞州区委宣传部的一名工作人员，属演武社区报到党员。她发挥个人特长率先在社区办起了《疫情无情人有情——演武社区在职党员宣传E站》，她每天都会收集当天发生的事情制作成小视频，利用微信平台向党员和居民进行宣传。每当党员、志愿者、小区居民看到，都会感到心里暖暖的，给居民抗击疫情增强了信心，这正是巾帼不让须眉。到目前为止，她已制作了八期宣传视频。

一名党员就是一面旗帜。有这么多无私奉献的党员和志愿者冲在防控一线，他们在新冠疫情面前选择逆行，用行动引领广大小区居民筑起了这道坚不可摧的防控线。相信在广大社区居民的支持下，我们会很快战胜新冠疫情。

· 2020 年 2 月 26 日发表于《长治社区》公众号

晚报让我生活更充实

15

　　我喜欢看报纸，这是在部队多年养成的习惯，有时我看到好文章就会剪下来贴在本子上，留着日后做参考资料。现在几本厚厚的剪贴本静静地放在我的柜子里，它叙述着主人昔日对报纸的痴迷。2000年，我转业到长治市，因工作还未就绪，街上的报亭就成了我的精神家园。

　　想当年爱人、孩子随我从部队来到长治安家，我的生活一切从零开始，孩子的上学问题、爱人和我的工作问题亟待解决。眼前一堆事压得我喘不过气来。忙碌一天后，我就会翻阅从市区电力岗报亭买回来的报刊，其中就有《上党晚报》，我就是那个时候喜欢上了这份报纸。

　　《上党晚报》让我了解到国内外发生的重要新闻和发生在长治的新闻事件，它还充当着我衣食住行的参谋，成为我了解和熟悉长治的一个窗口。晚上，我通过读书看报舒缓忙碌疲惫的身心。工作安排就绪后，我发现单位所订报刊中就有《上党晚报》，从此我看报纸就方便多了。

2014年，长治市原城区开展向"两参"老兵挂光荣牌活动，《上党晚报》第一时间对此进行了报道。当时晚报记者打电话联系我，要我代表这个特殊群体谈一下感受，我们约定好了采访时间，晚报记者早早就到了。通过采访，我感受到了晚报人的职业精神和对事物细致入微的洞察力。采访结束后，晚报在"八一"建军节这天用半个版面进行了报道。同年9月，大学刚毕业的儿子赶上征兵，他毫不犹豫报了名。体检、政审等程序顺利过关后，儿子成了一名光荣的解放军战士。

　　我在部队服役时有写作的习惯，时有文章发表于报刊。转业到地方后忙于事务性工作没有动笔。近几年，我又把搁笔多年的写作习惯找了回来。我利用工作之余把自己的感受和见闻写成文章投向网络平台和报刊，读书写作使我的生活充实了许多。

　　2019年2月19日，《上党晚报》发表了我写的散文《铁树银花耀荫城》，稿件刊发后在上党区荫城镇引起小小轰动，文章把"铁礼花"纠正为"铁梨花"，为这项民俗活动正了名。"铁梨花"活动主办方还依据文章叙述场景模拟修建了梨树，模拟表演效果非常好，这对传承民俗文化起到了积极的作用。稿件被采用后所引起的关注效应更加激发了我创作的热情。

　　2020年2月12日下午，潞州区英雄街道演武社区党委书记赵彩霞给我发送了《上党晚报》当天的电子版。晚报第二版《战胜疫情 我们众志成城》里面报道了我向社区防疫一线送去96瓶消毒液的事情，我很感动。我只是做了自己应该做的事情，就引起了晚报记者的关注。

　　现在《上党晚报》微信平台有了电子版，读者阅读起来更加方便，忙碌一天闲下来我就会打开手机读一下当天的报纸。看《上党晚报》已成为我割舍不下的生活习惯。

· 2020 年 3 月 27 日发表于《上党晚报》

家有酸菜缸

　　每个家庭都会珍藏着几样老物件，无形之中，老物件已慢慢融进每个家庭成员的血脉，并且承载了一个家庭的集体记忆。

　　我们家家传老物件不是金银饰品，更不是文玩古董，而是母亲生前使用过的两口沤酸菜的缸。那口大的是秋天沤酸菜用，小的是春、夏两季沤酸菜用。这两口缸跟随母亲50年有余。我们先后搬过几次家，从土窑洞搬到砖瓦房，又从砖瓦房搬到现在的二层小楼，丢弃的物件也不算少，唯独舍不得丢弃这两口缸。每次搬家，母亲都会把两口缸裹得严严实实的，生怕碰坏了。现在没有人用缸沤酸菜了，那两口缸便静静地立在那里，仿佛在向懂它的人讲述着主人的故事。

　　从记事起，每年秋天沤酸菜是全村人的头等大事。人们把地里的五谷杂粮收到家打点利索后，便开始筹划沤酸菜的事了。我们家也不例外。家人们先把地里的萝卜拔回来，再一个个把萝卜缨子拧下来，整齐放好，用刀把萝卜收拾利索，洗干净后放到一边。待这些准备工作就绪后，母亲会把预先垒好的火炉子放上柴和炭，把加了水的大锅放到炉子上，开始在锅里煮萝卜缨子，煮熟后，把萝卜缨子捞到准备好的筐里。此时，邻居的大妈和婶婶就会过来帮忙。她们把煮好的萝卜缨子和萝卜抬到门前的小河边，一边帮母亲淘洗，一边议论着今年的收成。不一会儿工夫，一个个大小一致的长圆状菜团就整齐地放回筐里。她们把筐抬回去，把菜团有序地摆放在一块案板上，然后再用同样大小的案板压上去，再在案板上放上有足够分量的石块把水挤干。待案板上的菜团被挤干水分后，大妈、大婶们就又要忙了。

她们有的切菜，有的用擦丝器把萝卜擦成丝。一切就绪后，开始往缸里装菜。此时，小孩子满院乱跑，一会儿在大人身边玩，一会儿又往玉米堆里钻，引来阵阵骂声。往缸里装菜很有讲究，装得不瓷实，菜就会坏掉。为了防止冬天过后吃不完，通常，会在缸底放厚厚一层萝卜丝，剩下的萝卜丝可以到春天晒成干黄菜慢慢食用。待萝卜丝和菜叶按比例拌好后，她们一层一层往里装，然后拿木锤夯实。装满缸后，菜上面会压上一块厚厚圆圆的压缸石，然后把烧开的水晾凉，再慢慢往缸里加水，直至渗到缸底就算完成了。随后，放二十天左右就能食用了。

小缸一般是春、夏两季沤酸菜用的。春天万物复苏时，地里会长出一种叫刺芥菜的野菜。用刺芥菜沤制出的酸菜味道会更可口。母亲把从地里薅回来的刺芥菜淘洗干净后剁碎，在锅里煮至半熟，同水一起倒进缸里，然后加点熬好的面汤，这样酸菜沤三到五天就好了。现在刺芥酸菜已上了城市酒店的餐桌，饭店用它和豆腐、豆芽、粉条烹饪成"酸菜四合一"提供给食客，很受城里人喜欢。

过去，酸菜是老百姓的当家菜。现在物质条件越来越好，做酸菜的人不多了。特别是年轻人，已没有沤酸菜的习惯。母亲在世时，每年把两口缸交替使用，从没闲过。她做酸菜不是担心没菜过冬，而是割舍不了那份情怀。每当儿女们回家，她会装上几瓶让我们带回去吃个稀罕。邻居的小媳妇们嘴馋了，就去找我的母亲要一些回去吃。母亲总会嘱咐一声："想吃了就过来，缸里还多着呢。"她们也总会笑嘻嘻地应一声："好嘞，想吃就过来了！"每到春天，一大缸酸菜吃不到一半，母亲就会找个晴朗的天气，把缸下面的那层萝卜丝挖出来，然后在地上铺好苇席，再把酸萝卜丝铺上去，这样把水分晒干就成干黄菜了。听说干黄菜可以长期保存，并且会越放越香。有时城里的饭店也会走街串巷去农家收购干黄菜，每次收购的人到我们家收购时，母亲总会说："不卖，让孩子们吃稀罕呢。"

现在，两口酸菜缸已没有酸菜可装了，但里面装的是母亲辛苦劳作的一生，装的是母亲对儿女的无私大爱，同时也装着儿女们对母亲的思念。

· 2020 年 4 月 10 日发表于《三门峡日报》
· 2020 年 4 月 18 日发表于《新华网》客户端
· 2020 年 10 月 22 日发表于《通州日报》

探访第二 故乡

17

人们常说，人一上年纪是"新的记不住，旧的忘不了"，我越发感到如此。

这几年，战友们通过微信联系也多了起来。一个人的时候，总会有许多军营训练的画面和驻地场景浮现在我脑海。去年国庆节前夕，我和战友姚进文在散步途中聊到这个话题，他也想趁国庆假期去老部队看看。随后联系了在太原工作的战友尚文龙，我们的家人也都支持并表示要一同前往。

我们是1983年入伍的，参军的地方是湖南怀化市通道侗族自治县。10月2日早上，我们从长治出发，沿二广高速向通道方向驶去。这些年出差、旅行次数不少，但这次出行却别有一番感慨，心中急切地盼望着到达目的地。

行驶在高速公路上，放眼望去，两边的村庄干净整洁，一排排小楼房和城市里的高楼大厦遥相呼应，经过的山川郁郁葱葱，河流蜿蜒流淌，水声潺潺，车辆就像穿行在一幅波澜壮阔的画卷中。

留在通道安家的战友负责接待我们。他们介绍说，部队几年前已移防。随后，通道战友就开车引路，我们从县城向原来的营区进发。路还是那条老路，只是由过去的砂石路变成了平整的柏油马路，原来路边的干栏式木楼变成了砖瓦结构的二层小楼，小楼依山而建，房子周围是茂密的竹林。侗寨这几年变化挺大，居民不再把砍伐树木作为经济收入来源，而是主要靠旅游业，侗文化吸引着全国各地的游客慕名而来。

很快我们就到了尚文龙当年所在的营区。尚文龙当时是修理连连长，他和爱人唐莉也是这期间结的婚。修理连的房子还保留着，不过已人去楼空。阵阵香气飘来，我们这才发现了满院的桂花树，闻着桂花香，不由得想起李清照的诗句："暗淡轻黄体性柔，情疏迹远只香留。何须浅碧深红色，自是花中第一流。"尚文龙说这些树都是他当年带着连队战士上山挖来种下的，比起原来粗壮了不少。我们感慨，树是有灵性的，它用独有的香味迎接着主人的到来。唐莉回忆说，当时她从省城到这里，尚文龙到连队上班后，她就住在小镇上，一开始是新奇，后来是寂寥，再后来她壮着胆去连队找尚文龙，因为担心影响连队日常工作，尚文龙硬是把她训斥了回去。后来她习惯了小镇上的生活，跟老乡上山挖竹笋或采蕨菜，那段时光令她难忘。

随后我们来到我曾经待过的营区，这里的营房已被拆除，在这里转悠着，我的脑海里不时闪现出当年和战友们一起生活、学习、训练的画面。我爱人兴奋地讲述着如何教其他家属做山西拉面，她们又如何学得认真，等等。营区门口的那棵香樟树枝叶葳蕤，这棵树是我在警卫中队当新兵时中队长带我们栽下的。三十多年了，斗转星移，昔日的主人走了，而它更像一名士兵，不离不弃地在这里默默守望着。

近几年县城变化很大，夜景更是迷人。县城中心河的两边全是侗族风情的建筑，河上共架有八座风雨桥，整体由桥、塔、亭组成，材料以木料为主，靠卯榫嵌合，桥面铺板，两边设栏杆、长凳、桥顶盖瓦。游廊上建有桥亭，桥檐瓦梁末端塑有檐铃，呈丹凤朝阳、鲤鱼跳滩、坐狮含宝等造型，被称为"世界十大最不可思议桥梁"之一，因行人过往能躲避风雨，又名风雨桥。平静的河面清澈透亮，河两边的建筑流光溢彩，河面上清晰的倒影如梦如幻，仿佛整个县城都在仙境之中。广场上人们欢快地跳着广场舞，河两边游人如织。我们沉醉其间，一边感叹，一边欢快地留影纪念，要不是战友提醒还真要忘记回宾馆了呢。

军人有两个故乡，两个故乡都珍藏在心头。如果说第一个故乡是我们出生的地方，那么第二故乡就是教我们如何从一个懵懂少年成长为有担当、有作为的男子汉的地方。这里是我们人生扬帆起航的地方，这片热土深情地养育了我们，我们视这里的老乡为亲人。

返程时，我们约定二十年后再来，到那时我们可能老得走不动了，但那时的第二故乡一定会更美，更加充满活力。

· 2020 年 9 月 3 日发表于《太行日报》
· 2021 年 2 月发表于《山东散文》第 2 期

岁月悠悠过
年味各不同

18

　　儿时的春节，家乡有烘年火的习俗。当新年的钟声敲响，家家户户会不约而同地点燃堆在院中的柴火。刹那间，整个山村火光冲天，烟花和鞭炮声此起彼伏。火堆旁的一家老小，添柴火、放鞭炮，其乐融融。红通通的火苗按捺不住性子肆意往上蹿，火光把整个院子和村庄映照得美丽极了。

　　进入腊月，我放学归来总会和村里的小伙伴扛上镢头、扁担上山打柴。山上的荆条、枯枝和一些叫不上名的灌木，只要能用镢头刨下来的，统统捆绑好挑回家。每次打柴回来，浑身上下大汗淋漓，小脸蛋像抹了胭脂，红扑扑的。口渴的我会跑到水缸前，拿起勺子从缸里舀上半勺水，"咕咚咕咚"喝下去，浑身既痛快又舒坦。

　　除夕上午，一家人忙着贴春联，下午打扫院子、包饺子。晚上就开始守岁了。一家人围在火炉旁嗑瓜子、拉家常，有说有笑，等待着新年的到来。当时针指向12点，我立马跑到院里，把堆在院子正中的柴火点燃，然后开始放鞭炮。此时，整个村庄笼罩在节日的火光之中，鞭炮声"噼里啪啦"在山村回荡。一簇簇五颜六色的烟花从不同方向腾空而起，时而如天女散花，时而如流星划过，展现出一片壮观景象。

村里流传着一句话，年火烧得旺，来年才会兴旺发达。所以，村里人都很在意这件事，旺火会一直烧到天亮。天刚蒙蒙亮，母亲就把煮好的饺子端上桌，饺子里通常会包几枚硬币进去，谁吃到硬币谁就会成为一年中最有福气的人。一大碗饺子下肚，如果未吃到硬币，就会再盛半碗碰碰运气，这时母亲会捞一个有记号的饺子悄悄放到我的碗里。当咬到硬币的那一刻，我立马笑着蹦起来大声说："我也有福了。"

现在，村民都住上了楼房，家家户户接通了水、电、暖。为保护环境和促进生态平衡，村里的山地都退耕还林，上山打柴、燃放烟花爆竹也都被禁止了。除夕当天，家家户户贴春联，挂小彩灯或彩带，盘绕在窗户上和葡萄架上的彩灯流光溢彩，屋里屋外布置得喜气洋洋。

村子里，家家户户挂起了红灯笼，浓浓的年味扑面而来。除夕夜，一家人坐在有暖气的小楼里，吃着各式水果和干果，看着央视的《春节联欢晚会》，守着岁，其乐融融。村委会还把村里的年轻人组织起来，成立了威风的锣鼓队、舞狮队、舞蹈队，以此来营造浓厚的节日气氛。听村里人说，他们还到县里、市里，和城里人同台比赛呢！女子舞蹈队在市里比赛还捧回一个银杯。

今年过年前夕，因为疫情防控，村里的广播天天宣讲"非必要，不聚集"，提倡网上拜年、电话拜年。我们都很赞同，这样过年大家都舒心，且温馨气氛更胜以往喧闹的年份。包子有肉不在褶上，年味也并不体现在表面热闹。现在虽说生活条件好了，不必固守传统的过年方式，追求"新年俗"，比如参加各种有益的娱乐活动，但疫情防控和健康安全要放在第一位，关键时刻，居家享受传统的过年方式，传承优良的家风，一家人共享天伦，岂不美哉？

- 2021 年 1 月 26 日发表于《忻州晚报》
- 2021 年 1 月 26 日发表于《山西市场导报》
- 2021 年 4 月 4 日发表于"学习强国"

19 春天从一缕风开始

"爆竹声中一岁除，春风送暖入屠苏。"当第一缕春风吹来——那是春的信使向人们捎来了口信：春天已经到来。路上的行人在和煦的春风吹拂下脚步变得慢下来。地上的小草、树上的芽苞纷纷探出小脑袋，瞭望着春姑娘的到来。

庄稼人对节令看得很重，立春、雨水、惊蛰、春分……每个节气都让他们心生敬畏。庄稼人常说，一年之计在于春。春天万物复苏，庄稼人要提前做好春耕的准备，他们修理好存放了一冬的农具，坐下来盘算着今年地里种些啥，合计着购买农资需要的费用，精打细算着每一笔开销。

当北漳沟南坡背阴面沟壑里的最后一片冬雪融化，春天的气息愈加浓烈。此时，怒放的杏花已是漫山遍野，杏花散发的特有香气在村庄弥漫。田里劳作的庄稼人正在挥汗春耕。树上花儿朵朵开，地上绿草茵茵，此番景象构成了一幅波澜壮阔的春意画卷，又像上演着一场春天的圆舞曲，让春天如诗如画。

我的发小建国承包了村里置换来的一百多亩山地，地里栽上了苹果树，还放养着几十只山羊，家庭承包的责任田交给两个儿子打理。

现在儿子都已成家，儿媳也很孝顺，婆媳、妯娌关系处得都很好，四个孙儿围着他转，可谓儿孙满堂。今年他计划在苹果地种些经济价值高的农作物，一年下来的收获会让全家人满意。建国常说，土地从没有亏待过一滴汗水。这也正像古人所说：春种一粒粟，秋收万颗子。

建国说："再过两年苹果园的树就大面积挂果了，如果遇上好年成，每年能摘三十多万斤苹果，现在正是修剪、施肥的好时节，一刻不能耽误。"

我问道："你种地，放羊，管护苹果园，你忙得过来吗？"他听后哈哈一笑说："顾不过来就儿子、儿媳他们全上阵，你嫂子管后勤，看孙子做饭就是她了，实在拉不开栓就从村里找些人来帮忙，挺一下就过去了。"

现在路修到苹果园，上山很方便。我开车上山走进果园，看到一棵棵果树已发芽吐绿。置身果园深处，微风拂面，深深吸一口带着清香的空气，真是既舒服又清心。

我说："老兄，等你的苹果园挂果后，我约朋友来采摘哟。""来吧，来吧，管你摘个够！"建国爽快答应着。

勤劳朴实的家乡人，他们正用汗水与智慧努力打造着属于他们的小康生活。

又是一个春来早，家乡父老乡亲正鼓足干劲抓紧春耕。春天，正载着庄稼人的梦想向幸福起航。

- 2021 年 3 月 14 日发表于《番禺日报》
- 2021 年 3 月 30 日发表于《上党晚报》

春雨

20

春天，大地复苏，处处洋溢着生机盎然的景象。不知名的花花草草机灵地探出小脑袋向春天张望，树上嫩嫩的绿叶争先恐后地向春天报到，姹紫嫣红的花朵也不甘落后，它们向春天展现美丽妖娆的自己。此时，春天显得灵秀而热烈。

刚从南方飞来的小燕子在农户家的屋檐下飞来飞去，它用建筑师的眼光规划着自己的爱巢。农民也做好了春耕准备，所有这些都在等待一场春雨的到来。

春雨细润，殷勤地调兑温度和浓度，春天是四季轮回的开始，一场春雨让人产生许多遐想和憧憬。民间有句谚语：春雨贵如油。春雨是春天的灵魂，小草沐浴过春雨，变得灵动，大地因有了春雨而充满诗情画意。

雨后的大山云雾缭绕，山河氤氲着一股仙气，在山里写生的画家已然沉醉，分不清这是人间还是仙境。春色雨中过，绿池满清波。一幅春天画卷在大地缓缓铺开，好一幅大美画卷。

沐浴过春雨的小草舒展腰肢，期待着踏青而来的人们一起享受蓝天白云下的欢快；树木洗去尘埃，显得神采奕奕。

老顶山人才林中，一群朝气蓬勃的年轻人带着各自的心愿，把刚刚栽下的树苗用红带标上记号，希望它们能沐浴着春雨早日长成自己心中的模样。

春雨如酒泥自醉，燕子飞来飞去，用春雨和泥，用勤劳和智慧筑造自己的爱巢。这一场充满诗意的春雨将孕育出新的希望和传奇。

- 2021 年 3 月 14 日发表于《番禺日报》
- 2021 年 4 月 2 日发表于《新江州》
- 2021 年 4 月 9 日发表于《纳雍报》

年轻人要学会管控情绪

　　年轻人，工作激情饱满，容易急于求成。此时，如不调整好心态，这种急躁情绪往往会变成工作中的绊脚石。经过岁月打磨才慢慢懂得，只有把心态放平，冷静处理摆在面前的问题，排除外界干扰，给自己战胜困难的信心，一切才会向好的方向发展。

　　生活或工作中不如意之处十有八九，而能向人倾诉的十中无二三。学会冷静自律，培养自身独立思考和分析问题的能力，才能在处理问题时考虑得周到全面。

　　年轻人棱角分明，血气方刚，有思想和见解，工作激情饱满，一旦被负面情绪影响，难免会乱了方寸。水因善下终归海，山不争高自成峰。工作中不要急功近利，要勤于思考，善于总结，才能得心应手。

　　诸葛亮曰："喜不应喜无喜之事，怒不应怒无怒之物。"闲时泡一壶茶，捧读历史度光阴，用知识来丰富心灵，用行动来感恩生活，不计较个人得失，每天心无旁骛地向着自己的目标迈进，才会遇到更好的自己。

- 2021 年 3 月 19 日发表于《自学考试报》
- 2021 年 4 月 7 日发表于《咸阳日报》

春日雄山行

22

　　春天，总会让人对大自然充满无限遐想。春天郊外风光旖旎，明媚而绚丽的景色吸引着人们的目光。此时，有的是一家人，有的是朋友结伴，在春天里近距离亲近大自然。

　　在一个风和日丽的周末早上，妻子突然对我说，想去荫城镇雄山踏青。她这么一说，突然触动了我。我接上话说，好啊！我老家山西省长治市荫城古镇，坐落于雄山脚下，明清时期是北方铁器商业重镇，也是历史文化名镇。

　　我们换好运动服，背上挎包，我把刚买回来没来得及看的汪曾祺先生的散文《人间草木》塞进了挎包。车行驶在公路上，放眼望去，两边翠柳郁郁葱葱，柳枝轻摆婀娜的身姿向我们致意，枝头喜鹊振翅掠过，羽翼划出的弧线恰似春天跃动的五线谱。

　　车行驶三十多公里，我们便到了荫城镇雄山脚下。伴随着和煦的春风，我们闻到了飘来的花香，放眼望去整个雄山已是绿草茵茵、花团锦簇，仿佛还能听到小草拔节、花朵呢喃的声音。山路两旁的小草努力向上生长着，树上含苞待放的花蕾像一个个攒紧的小拳头向春天发力。草丛中、花枝上飞舞的蝴蝶一双双嬉戏着，从远处田间传来庄稼人悠闲的歌声。好一幅春日美景。

在花花草草的簇拥下，我们来到雄山半山腰一农户家门口，原来这里是一个自然村，名叫圣井背，现在只剩一户人家守在这里。这个村因一口千年老井得名，井水清澈甘甜，古代文人墨客常来此取水，后取名曰：圣井，当时雄山书院就建在此处。如今，村里还留有许多古建筑的残垣断壁，在一户倾颓的院落门楼上，我看到门匾上写着"义路礼门"四个苍劲有力的大字。不难看出，主人是一位文人雅士。看着松林之中历史感厚重的村庄，听着雄山松涛和啁啾鸟鸣，我有了几分春的醉意。

近年来，来雄山寻觅"雄山书院"的文人、学者一批又一批，他们想从历史的痕迹中找到"雄山书院"的蛛丝马迹，但总是失望而归。现在唯一留给世人的就是李通的《雄山书院记》拓片和《潞安府志》。据记载，雄山书院前身为秋谷书院，始建于金代。《潞安府志》记载：长治荫城，居民皆姓李，唐韩王之后。金代时，家族中的李植治家有方，成为上党地区首富。传至其五世孙李贵（李惟馨之父）时，家族忠厚，诗书继世，耕读传家。李惟馨自幼受家中诗书礼乐熏陶，潜心钻研经史典籍与翰墨文章。至元四年（1338年），不法之徒与贪官污吏勾结，书院被侵占。至正十三年（1353年）李惟馨博得军中治书侍御史的同情与支持，于七月动工重建书院，次年三月竣工。分管教育的礼部尚书王致道为其题写了"雄山书院"匾额。从此，雄山书院正式定名。

游走在雄山松林与花海之中，感悟着先人们兴建书院时的艰辛，他们发奋读书传承文明的功绩已镌刻在历史长河之中，我对他们不禁肃然起敬。我拿出携带的《人间草木》一书，打开书品读着汪曾祺先生的散文，在氤氲着草木花香的雄山中读一段文字，享受着大自然无私的馈赠，感到身心十分惬意。

· 2021 年 4 月 8 日发表于《鄂尔多斯日报》

枕畔书香 好入梦

23

　　如果把读书变成一种习惯，这种特定的习惯也就变成生活中的自觉。我每天睡觉前躺在床上顺手从枕边捧起一本书，轻轻翻到折角处打开，以虔诚之心去阅读，去领悟故事的真谛，随着故事情节起伏，我在书海中尽情畅游。每当感到困倦时，再把书折一角放下，然后带着惬意安然入梦。

　　生活不断向前，对于存在于身边的各种矛盾，最好的解决方法就是多读书、读好书，从书中找到解决矛盾的方法。当从书中看到一段哲理性文字、一个感人的故事情节会让我茅塞顿开，彻悟人生真谛。书香不仅滋润着生命，还能让人的灵魂得到升华。

　　"开卷有益"这个成语源自宋朝皇帝宋太宗的事迹。宋太宗下决心要读完《太平御览》时，有人觉得皇帝每天处理那么多国家大事太辛苦了，劝他少看，没必要天天看。但是，他说：开卷有益，读书不以为劳。后来"开卷有益"便成了成语。当你打开一本书时，就是在和一位智者对话，同良师益友结伴前行。生活中的人和事、是非对错，一切都能在书中找到答案。

现在，居住条件好了，我住上了大房子，还有了自己的书房。但是，我还是喜欢枕头旁的那一缕书香。一本好书，值得用一生去珍惜，当书中的理念潜移默化影响了你的思维，即使你置身于繁华闹市也不会迷失方向。读汪曾祺先生的《人间草木》时，我能够理解先生那颗从容豁达的心；读到宋代文学家苏轼《赤壁赋》中的"且夫天地之间，物各有主，苟非吾之所有，虽一毫而莫取。惟江上之清风，与山间之明月，耳得之而为声，目遇之而成色，取之无禁，用之不竭，是造物者之无尽藏也，而吾与子之所共适"时，我才理解如何克制自己的物欲。我喜欢这段话，我请人用毛笔写下挂在客厅，让我与家人共勉。

- 2021 年 7 月 19 日发表于《牛城晚报》
- 2021 年 8 月 6 日发表于《东南早报》

老井情深

24

　　有水井的地方就有村庄。我的家乡地处太行山上，据老人们讲，原来村子叫八张沟，意为最早有八家姓张的人家居住在此，村民因嫌弃村名土气而更名北漳沟。北漳沟四面环山，村民依地势而修建居所或挖窑洞而居。我孩提时就居住在窑洞里。窑洞冬暖夏凉，居住其中浑身舒爽。这里独特的天然屏障和气候使村民种下的农作物能够旱涝保收，即使大旱之年只要禾苗破土长出，秋后就能收获。

　　北漳沟村口有三十多亩平坦而肥沃的土地，土地上相距三百多米有两口年代久远的老井。井水四季丰盈，清凉甘甜，沁人心脾。它四季为村民和家畜供水。后来村集体为增加收入把老井周围三十多亩地改造成水浇地，种上了时令蔬菜，蔬菜成熟后运到镇里集市上卖掉，后来村民们就把这里称为菜园地。

　　新中国成立前，河南林州遭受百年不遇的灾荒，逃荒的林州人来到北漳沟菜园地老井旁讨水喝，村民也会给他们送上一口饭吃。逃荒的人被老井留住脚步，他们依地势挖出一孔窑洞，一家人就在此地生了根。后来，北漳沟村逐渐发展到了百十户人家。这里的村民日出而作、日落而息，过着恬静的田园生活。

我成长的记忆也是从这两口老井开始的。老井是用黄砂岩砌成，井壁上长满青苔，井台斑驳古旧，像一个有着太多故事的沧桑老者。小时候，不知道这世上还有饮料，家里水缸里的水就是我最解渴的饮料，每当我从外面玩完回来，第一件事就是跑到水缸前舀一瓢清冽甘甜的水，然后一饮而尽，感觉浑身畅快。13岁的时候，我尝试着替家人从井里挑水，挑水时，我会让一同挑水的长者替我从井里打上一桶水分到两个桶里，我挑着两个小半桶水回家。不是太远的路我总要歇几次才能到家，每次把水倒在水缸里会有点成就感。后来随着年龄增长，家里挑水的任务就交给我了。

村里的两口井水量充足，水面离井口很近，用扁担就能打上水来。年长的人打水熟练，他们把水桶放到扁担钩上，水桶在水面上左右摆动，当水桶口朝下时，他们顺势放低扁担，水桶一个猛子扎到水里，他们再顺势提起往上收回，几个动作干净利索，满满一桶水就打上来了。桶里的水在阳光照射下，波光粼粼，仿佛一面镜子。望着水桶里的水，我的小脑袋在上面来回晃动，水里的倒影也随着摇曳摆动，奇妙无比。起初我也学大人用扁担打水，因动作不娴熟，几次打水，桶都掉到了井里。从井里捞桶就需要用专用的钩，刚学打水时，没少捞过桶。

后来，我参加工作到外地，母亲给我准备了一包土和一瓶老井的水，母亲说，出远门，有时会水土不服，万一我闹肚子，喝点家乡的水或把家乡的土放到水里喝下去就会好的。我带着家乡的水土踏上了去南方的旅程。后来，随着年龄增长，我再也不敢喝生水了，取而代之的是喝开水。后来，我有了喝茶的习惯，用开水泡一壶茶来打发我的休闲时光，寻找内心的一份宁静。但是，无论是何等上好的茶水也带不来当年喝家乡井水的喜悦。

我曾经回村去寻找过那两口老井。因地质灾害，土地塌陷，村民也因井水干涸搬迁到镇上。老井虽然消失了，但它仍然在我血液里奔腾。如果每个人的生命都有印记的话，那北漳沟村的那两口老井就是一个村的集体记忆，北漳沟每个人心中都有一口老井。

- 2021 年 8 月 27 日发表于加拿大《七天》报
- 2021 年 8 月 27 日发表于《绿色煤都》报
- 2021 年 10 月 4 日发表于《番禺日报》
- 2022 年 3 月 1 日发表于《衡水日报》

好心态让
生活更
精彩

25

日常生活和工作中总有许多不如意之事，但困难就是挑战，只有从容应对，阵脚不乱，才能找出问题的症结，得到最有效的解决方法。心无物欲，即是秋空霁海；座有琴书，便成石室丹丘。

生活和工作中总有那么一些人，他们做着"义务评判员"，用自己的三观和标准来评判一些事情。遇到这样的人时，首先自己要把心态放平，一分为二正确看待。换言之，生活或工作中有这样的"义务监督员"也不是一件坏事，无形之中对自己可能产生一种约束力，个人可能更自律，会使你在处理问题和事情上考虑得更周到全面。

我年轻的时候，棱角分明，血气方刚，工作激情饱满，总看不惯身边不做事只挑别人毛病的人。遇到此类人，我总会愤恨不平；同时，因此而产生的负面情绪也影响了我的心情，甚至还让我乱了方寸。本来事情可以按自己的设想办好，但因负面情绪总会把事情办得一团糟。

水因善下终归海，山不争高自成峰。明白这个道理后，在工作中我不再纠结于别人的看法，对待别人提出的意见我的态度是：有则改之，无则加勉，在工作中勤于思考，善于总结，尽量少出错甚至不出错，同样的错误不犯第二次。

救寒莫如重裘，止谤莫如自修。人生本来就无常，能在平淡生活中找到自身的价值，不被某些假象所迷惑，保持一颗平常心，人生的路才会越走越宽。对事物要有自己的见解和判断，学会独立思考，不跟风、不迎合，做好身边的每一件事，才能成为真正的人生赢家。闲时多看书，忙时勤思考，做事要三思而后行，不纠结于别人的看法，不困惑于自己的得失。闲时泡一壶茶，捧读历史度光阴，感恩所有遇见，尽绵薄之力帮助有困难的人渡过难关。做一个豁达、思想积极的人，用自身行动去温暖社会和他人。每天心无旁骛地向前走，把每一天作为自己的新起点，用锲而不舍的精神去努力奋斗才会遇到更好的自己，生活也会因此而变得精彩。

· 2021 年 9 月 15 日发表于《寿光日报》

26

从他们身上，我读懂了英雄

英雄不仅仅是个汉语词语，也是矗立在人们心中的一座丰碑，更是藏在每个人心灵深处的一方高地。我生在红旗下，长在新中国，童年听着英雄人物的故事长大，心里早早就埋下了英雄梦，幻想着有一天能纵横驰骋沙场，成为骁勇善战的大英雄。

1982年10月，我偷偷跑到公社征兵办公室报名。当时，一名解放军叔叔问了我的年龄后说："你还小，等年龄够了再来。"第二年，报名成功后，我如愿以偿穿上了军装，成为一名解放军战士。到部队后我才清楚，不是所有军人都有机会去前线。1987年，我从《解放军报》上看到了郭富文在老山前线排雷的英雄事迹。作为他的同乡，我为他的英雄壮举感到骄傲。作为军人的我，为他能有这样的机会深感羡慕。从此，我对他也格外关注。

当年老山战区地雷遍布，最密集的地方平均每平方米就有15枚之多。当时，因军务紧急，需要从雷场开出一条路。消息传开后，郭富文第一个站出来，一口气说出他去排雷的五个理由："我是党员，应该第一个冲锋陷阵；我是班长，我带的班是全连先进班；我有爆破经验，技术过硬；我家兄弟五个，比其他战友后顾之忧少；关键时刻，先进班集体就要敢于冲锋陷阵。"最后，部队领导研究决定由郭富文任"丛林敢死队队长"，带领三名战友接受排雷任务。在排雷过程中，郭富文始终走在前面，排除一次次险情。八千米"生死线"的排雷任务完成后，他又受命完成了修筑道路的艰险工作。当年7月2日，云南前指作出决定，给郭富文记一等功，7月中旬赴京参加全军英模代表大会。

生活中的郭富文是个热心肠，一次探亲途中，他看见一名陕西籍青年丢失行李，没钱买票回家，就把自己身上仅有的十多元钱给那名青年买了票，自己却饿着肚子回去。在村办煤矿洗澡时，他给矿工搓澡，后来矿工们知道他就是大名鼎鼎的英雄郭富文，顿时心生敬意。

我第一次见到郭富文是2015年夏天，在他的哥哥郭富胜家。第一眼见到郭富文时，他给我的印象是个子不高，走路风风火火，一双明亮的眼睛炯炯有神。这次见面，他改变了我对英雄的刻板印象。在后来的几次接触中，郭富文展现给我的形象是，待人热情，做事不拖泥带水，他虽然话少，但每一句都掷地有声；考虑问题和处理事情，他始终能站在对方的角度，从来不轻易下定论。这些可能就是英雄所具备的特质吧。

我们生长在和平年代，不可能每个人都有征战沙场成为英雄的机会，但是我们仍然能够从平凡小事中做出彰显伟大的事情。

在抗击疫情期间，无数的医护人员、社区工作人员、志愿者，他们舍小家顾大家，不计个人得失奋战在抗疫一线，用行动诠释着中华儿女大无畏的奉献精神，这种担当和气概就是英雄所独有的。

我们生活在这个日新月异的时代，只有理解了生活的意义，才能从平凡中感受到身边始终有一种蓬勃向上的力量伴随着我们，也就理解了生活为啥如此美好，也就真正读懂了什么叫英雄。

- 2021 年 10 月 6 日发表于"学习强国"
- 2021 年 10 月发表于《新传奇》
- 2021 年 11 月 26 日发表于《枣花》报

煮秋

27

　　一眼望不穿的秋色，显得沉稳、厚重、低调、恬静。多姿多彩的秋让人有了无限遐想，那一山接着一山、一重接着一重的多彩迷幻把我带入浪漫的诗意中。被风吹醉了的田园，一垄垄高粱红得似火炬；熟透了的谷子弯着腰，低着沉甸甸的头仿佛在思考着一路走过风雨雷电的艰辛。如此美景咋能不让人心旷神怡？忙于秋收的人们在田里来回穿梭，似秋天里大地跳动的音符，把丰收的乐章推向高潮。

　　"秋风吹，庄稼黄。丰收粮，装满仓。灶台前，煮秋忙。小朋友，捉迷藏。玩累了，跑家里，啃玉茭。"每到秋天，这首童年的歌谣总会在我耳边回荡。

　　儿时的秋天，总是难忘而清晰的。每到秋收时节，庄稼人总会把从地里收回的粮食整理得有条不紊，收来的玉米、毛豆、红薯、萝卜按照三六九等分开放置。院内院外变成了粮食的海洋——太阳下金灿灿的谷子、玉米像一地黄金。堆放在院里一角的白萝卜、红萝卜缨子，还有长到七成熟的玉米、毛豆和破损的红薯等待着下锅煮食，煮秋大概要持续一周。此时，屋里屋外煮秋的香味会伴随着袅袅炊烟氤氲着整个村庄。

煮萝卜缨子是为了腌酸菜，这时，每家都会在院里垒上旺火，火上放一口大铁锅加水开始煮萝卜缨，待煮沸后捞到准备好的筐里，再在河水中淘净、压干水分，就可以腌制酸菜了。腌酸菜时，左邻右舍的大婶们也会主动来帮忙。

屋里灶台上，长到七成熟的玉米、毛豆和破损的红薯在盆里等待着下锅煮。通常，下午会煮些红薯，煮红薯的时间不需要太长，一般两小时左右就熟透了。玉米和毛豆就不一样了，这些东西烩到一起需要整夜慢煮。炭火不能烧得太旺，要用文火去煮，一晚上也不用管，让其慢慢煮，天亮时，锅里的玉米就好了，庄稼人为这种烹法起了个好听的名字：囫囵煮。囫囵煮因煮的时间长，谷物变得细腻易嚼，吃起来鲜香可口。在物质条件丰富的今天，每每想起那煮秋的时光，心里总会对秋天充满无限憧憬。

小时候我有秋天咳嗽的毛病，我们村坡坡岸岸零零散散长着许多年代久远的老梨树，树上结的梨水分少，吃起来粗糙，品相也不好，大家给它起了个不好听的名字：疙瘩梨。可就是这梨，有清肺的功效，止咳效果也很好。每当我咳嗽时，母亲就会从树上摘些梨子，回去在火上煮，煮到水变得黏稠后让我喝下，连续喝几天后咳嗽就好了。秋天，村里家家户户都会煮梨水，从地里回来，喝上一碗，既解渴又清肺。我现在喜欢喝煮梨水，可能和小时候的经历有关。

煮秋的味道最难忘，煮秋的日子最幸福。生长在田野里的庄稼，它们经历日晒雨淋，汲取了大地的精华，长出的颗粒味道自然纯正。工作后离开了家乡，我没有再在灶台煮秋了。但是，煮秋的场景时常出现在梦里。一段经历就是一个印记，每到秋天，煮秋也就变成我的一场秋梦了。

- 2021 年 10 月 26 日发表于《金陵晚报》
- 2021 年 11 月 1 日发表于《威县报》
- 2021 年 11 月 1 日发表于《旌德报》

雪中的塔松

28

一个冬天的上午，我站在办公室窗前，透过窗户，看到外面飘着鹅毛大雪。此时，六棵高大挺拔的塔松进入我的眼帘。雪在空中肆意飞舞，凛冽的寒风吹着哨，猛烈地摇晃着塔松，塔松用挺拔的身姿顽强地抗争着。此时，我想起了南北朝诗人沈约的诗句："梢耸振寒声，青葱标暮色。疏叶望岭齐，乔干临云直。"

这六棵塔松是 2002 年春季栽下的。那年是我从部队转业到地方工作的第二个年头。栽下后的塔松，没有人再去刻意管护，它们自顾自生长着，几年光景就枝繁叶茂。匆匆从它们身边经过的路人，似乎也很少在意它们。只有烈日炎炎的夏季，路人才会驻足树下，坐在石凳上，享受大树下的那份清凉和惬意。鸟儿也会飞过来凑热闹，叽叽喳喳叫着，时而飞起，时而落下；蝴蝶在树周围翩翩起舞，树下纳凉的路人不时传来笑声。

凝望着那挺立于风雪之中的六棵塔松，我心里倏忽间泛起了对人生的种种遐想。人和树，在成长过程中，似乎暗含着同样的道理。单位历经发展改革，发生过许多发人深省的故事。有人脚踏实地干工作，前程似锦；有人经不起各种诱惑，留下了人生路上的遗憾；有人春风得意，周围花团锦簇，耳边尽是赞美声，陶醉在虚幻之中，不能自拔。往往看似欣欣向荣的表象里，同时也暗藏危机，这需要用智慧去辨别。

一花一草，终将在冬季退场，这是自然规律。冬季，寒风凛冽，鸟儿别枝飞离，花谢叶落，植物褪去了昔日的繁华，路人的脚步也变得仓促。凝视着眼前这六棵高耸的塔松，我像一个小学生面对着一位饱经沧桑的智者——当你虔诚地俯下身子，定会领悟出许多人生哲理。

六棵塔松像身披绿色盔甲的勇士，列队接受着严冬的考验。陈毅将军曾这样描写松树："大雪压青松，青松挺且直。要知松高洁，待到雪化时。"不仅赞美了青松的品格，也表达了作诗者大无畏的革命英雄气节和战胜困难的勇气。

潮起潮落，得意失落，都要心怀坦荡。生活中要做一个冷暖自知的智者。要学会跳出矛盾看问题，用一颗敬畏之心去看待这个世界。

站在窗前，我顿时领悟到了塔松的品格，心里添了几分平静、几分聪慧和觉悟。

· 2021 年 11 月 23 日发表于《寿光日报》

29

老陈醋轶事

　　老陈醋是具有山西地方特色的调味品，在国内外闻名遐迩。人们提到老陈醋，立刻会联想到山西。当你向别人介绍自己是山西人时，对方有时会问一句，陕西还是山西？你只要说一个"醋"字，对方会微微一笑说，山西的。这就是老陈醋的魅力所在。

　　史料记载，山西陈醋已有三千多年历史，在海内外享有盛誉，素有"天下第一醋"的美称。历史上，老陈醋在山西民间有着广泛的群众基础。在古代，一家财富有多少，要看家里储存了多少缸醋。姑娘找婆家，不是看男方有几间房，而是看有几缸醋。日常生活中，山西人可以一日无油，但不可一日无醋。俗话说，一方水土养一方人。山西水土偏硬，醋有软化血管和帮助消化的功效，在长期的生活实践中，山西人充分发挥自己的聪明才智，创造性地发明了这一惠及子孙的食品。据《本草纲目》等古书记载，醋还具有较高的保健和药用功效。

　　醋古称醯，又称酢。《周礼》有"醯人共齍菹醯物"的记载，由此可见，西周时期已酿造食醋。山西晋东南地区是我国食醋的发源地，当时上党地区醋坊已遍布城乡。唐宋以后，由于微生物和制曲技术的进步，有了小曲和红曲之分，山西醋以红曲为制醋用曲。该曲集大曲、小曲、红曲等有益微生物于一体，因制作方式为熏醅，风味大增。此外，还要经过"夏伏晒、冬捞冰"的工艺，最终才定名为老陈醋。

醋的酿造之所以颇有讲究，在选料上就要严格把关。通常是以山西晋东南地区的小杂粮为主要原料，经过第一次发酵，然后经固态醋酸发酵、熏醅、陈酿等，再经夏晒、冬冻、捞冰的加工处理，才能使陈醋形成"香、酸、绵、长"的独特风味。

山西陈醋，是每个山西人骨子里的情怀，能够深入民心的当数太原宁化府陈醋和长治荫城铁府陈醋。民间素有"便秘用陈醋，胜过药无数""家有二两醋，不用去药铺"之说。在山西晋东南，用醋制作的美食数不胜数，长治当地喜宴"十大碗"便以陈醋作为主要调味品，在晋东南有"无醋不成宴"的说法。

在一次公益活动中，偶遇铁府陈醋古法酿造传承人琚耀伟先生，得知他凭借铁府陈醋被授予"非物质文化遗产"这一契机，牢牢抓住老缸酿老醋这一独特的酿造工艺，深挖传承古法酿造，并融入现代企业理念，秉承传统与现代相结合，美食与保健并存，力争要把山西陈醋推向一个新高度。琚先生说，随着人们生活水平不断提升，今后公司要把老陈醋的健康保健作为发展方向，在保持陈醋美味的基础上进一步提升其保健疗效。他还说，一个产品就是一张名片，让外地朋友了解山西就要从老陈醋开始。

　　五千年文明看山西。当你来到山西，喝一碗醋溜丸子汤，漫步在古建筑保护较好的三晋大地，定会体验到中华文明的奥妙。

· 2021 年 12 月 23 日发表于《人民号》文艺云

30

腊八粥里话腊八

　　时光，去得快，来得也快，不知不觉，已是腊月天。每年的腊八节，我们晋东南老家风俗，家家户户会在炉灶上用文火熬一锅颇有讲究且香飘四溢的腊八粥。一家人坐在一起，喝着可口美味的腊八粥，顿时感觉已到年关，年味也越来越浓了。

　　腊八喝腊八粥，最早始于宋代，已有上千年的历史。每逢腊八，上至朝廷，下至黎民百姓，都要熬一锅粥，以应节俗。过去，民间还有祭祀祖先、分赠亲友、为流落街头的难民送粥等说法。

　　"腊七腊八，冻死寒鸦"。童年，腊八这一天，在外面玩累了的我，跑到灶台前，闻着香喷喷的腊八粥，眼巴巴看着锅里，垂涎三尺。这时，母亲会舀一小勺放到碗里让我尝一口，端着香气扑鼻的腊八粥，我总是舍不得一口喝完，把粥轻轻含在嘴里，黏黏的、滑滑的、香中带甜，味道好极了，喝完一碗，立刻感到浑身暖融融的。暖心的腊八粥在寒冷的冬季，无形中传递着一份家庭的温暖。

　　北方的腊八粥食材没有南方丰富。老家在太行山上，这里小杂粮品种多，干果主要是红枣和核桃，这都是熬腊八粥必备的食材。通常，腊八节这一天，家里的余粮不是很多，母亲总会变着法子早早把腊八粥的食材备好。母亲会把脱了皮的玉米圪糁、小米、红豆、绿豆、大枣、核桃、花生等放到一起去熬。熬粥是费火费时的事，粥不停地熬，还要不停地往锅里加少许水，就这样咕嘟咕嘟一大锅在火上慢慢熬着。文火熬出的粥颜色好、味道香，黏度适宜，喝起来也滑溜。

现在，我在外面有了工作，有了自己的幸福小家庭。每年腊八，妻子还会按过去风俗熬上一锅八宝粥。现在熬粥的食材也多了，到超市遛一圈，琳琅满目的食材让人眼花缭乱，特别是产自南方的莲子、桂圆等成了我家八宝粥的新成员。不同的是，妻子最近几年喜欢上了喝粥，平时也喜欢在灶上熬制不同的粥，她说，喝粥养生。每到腊八节这一天，妻子熬的粥就更讲究了，她把从超市买来的八宝粥食材，再一次精挑细选，然后放到灶上熬。用她的话说，过节要有仪式感。

现在虽然生活节奏加快，但是，过节的时候，我们还是要适当慢下来。用一颗感恩的心，把我们的传统节日过好传承好。为传统节日增添仪式感，我们才会在平淡的生活中找到幸福，找到属于我们自己的那份美好。

· 2022 年 1 月 11 日发表于《栾城报道》

31

中国红 吉祥年

进入腊月，年的气息越来越浓。穿行在超市里、集市上，和年有关的商品琳琅满目，让人眼花缭乱。特别是那中国红，红得耀眼，红得喜庆，红得纯粹，呈现在你眼前的是一派欢乐祥和的新春景象。红对联、红灯笼、红彩灯、中国结、以红为主色调的年画……酷似红色的海洋。此时，你会突然发现，春节就是那一抹中国红。

每年春节，每家每户都会把自己的家装扮得红红火火。春联是门面，要有所讲究，字要写得大方工整，语句吉祥，还要有寓意。儿时，村里人一般会请学校老师写春联。每到年关，家家户户早早就把红纸准备好，在学校排队等候。老师也不厌其烦，一家写完接着写下一家。有时，老师兴致来了，还会根据他们的家庭情况，即兴动脑筋编几句吉祥的话写到春联上。老师写得认真，求春联的人自然也高兴满意。

挂灯笼、贴窗花、挂彩灯、挂中国结全由妻子打理。腊月里，她一有空就会跑到英雄台市场去采购年货。前几天她说，去年挂的是大红灯笼，今年改挂宫灯；去年的彩灯色彩变幻单调，今年彩灯要气氛热烈点。窗花、中国结，她比比画画，直到感到满意才停下来。去年10月27日，是我们家最为高兴的一天。这天，我们的孙儿沐谦宝宝出生了，和宝宝一起降临到家里的还有幸福和欢乐。刚进腊月，妻子就到婴儿专卖店给宝宝买了一套合身的红衣服，买回家后，儿媳很满意地说，衣服喜庆，就是还差一双红袜子和一顶红帽子。说话间，儿媳在手机上点了点，然后说，买了，红袜子、红帽子两天后就能到。我开玩笑说，这是要把沐谦宝宝打扮成一个红娃娃。一家人听后，哈哈大笑，幸福的笑声洋溢在全家人脸上。

我家春联从儿子上小学二年级开始就由他执笔，一直坚持到现在。小学二年级的时候，儿子报了一个书法兴趣班，节假日学写书法。当年，家里的春联试着让他写，起初，字写得不是太好，但还算工整。也就是这个时候，儿子渐渐喜欢上了书法。到目前为止，他的书法作品多次入选省级书协组织的书法作品展。每到腊月，单位同事都会找他给自己家里写春联。儿子是现役军人，今年春节，他因工作特殊，不能在家过年。但是，他每天都会视频连线关注沐谦宝宝的成长，并嘱咐家人，春节前他会把写好的春联寄回来。

按照当地风俗，孙儿出生两个月就应该到姥姥姥爷家小住一段时间，或者姥姥姥爷来女儿家看望外孙。我们居住在长治，他们在晋城，虽说距离不算太远，但由于疫情防控，他们这个时间段看望外孙的愿望落了空。好在现在信息联络方便，电话视频一切皆可搞定。闲暇时间，儿媳和父母、哥哥、嫂嫂视频连线通话，和在身边没啥区别。这不，今天连线听说小沐谦对玩具有兴趣，第二天姥姥、姥爷就从晋城邮寄来两个锻炼宝宝视力和听力的玩具，视频里他们看到外孙小沐谦玩得高兴，也很欣慰。

俗话说"有钱没钱，回家过年"。就地过年，视频拜年，共同抗疫才是当前我们要做好的。春节那一抹中国红，图的就是个喜庆，我们可以自己动手写一副寓意美好生活的春联，门前挂上一对红灯笼，把自己的小家、小屋布置得喜庆一点。春节和家人、亲人视频连线，互拜新年！祝我们的国家繁荣昌盛，亲人新年新气象，福气多多！让那一抹中国红，红遍神州大地。不管我们身在家里还是外地，都要过一个吉祥欢乐的中国年。

· 2022 年 1 月 24 日发表于《黄山日报》
· 2022 年 1 月 25 日发表于《山西市场导报》
· 2022 年 2 月 6 日发表于《番禺日报》

倾听春天的声音

"春眠不觉晓，处处闻啼鸟。夜来风雨声，花落知多少"。置身于初春时节，总会想起唐代诗人孟浩然这首描写春天气息的诗句。

春天，大地万物复苏。春日暖阳下，人们走到户外享受大自然给予的这一份惬意。微风拂柳，小鸟叽叽喳喳上下翻飞，一曲曲生命的赞歌正在唱响。

春天的声音，是生命的宣言。当春风悄悄吹来的时候，你会感觉到它的脚步是那么轻盈，稳中带有几分恬静。被春风吹开的桃花，一朵朵，一团团，如轻轻飘浮的彩云，浅浅淡淡的粉，带有几分羞涩，如淑女般娴静美好。一群蜜蜂在花间舞动着身姿，嗡嗡的声音酷似恋人在表白。

春雨贵如油，每一滴春雨都为生命成长提供动力。一场绵绵细雨，淅淅沥沥从晚上下到白天。春雨打在树叶上发出悦耳的沙沙声。庄稼人小院里的盆盆罐罐被春雨敲打得叮叮当当作响，像在告诉庄稼人，人勤春来早。飘飘洒洒的春雨，拨动着庄稼人的心。又是一年好时节，庄稼人咋能放过这大好时光。此刻，你倚窗听雨，一定会被这美妙的音乐陶醉。

"水国春雷早，阗阗若众车"。春雷是向春天擂起出发的战鼓。春天，万物蓄势待发，大地一片繁荣景象，树木抖动着身子，树枝上密密麻麻的绿芽一个个探出小脑袋张望着，做好向春天出发的姿态。地上的小草伸伸懒腰，仰头眺望，鸟鸣声伴着春天的芬芳一层层洒向天地之间。村子里的炊烟、鸡鸣、狗吠，还有那牧羊人的歌声和穿过村庄的河流让整个村庄鲜活而又生机勃勃。照在石板路上的阳光，温暖，明亮。农家院内，庄稼人像对自己的孩子一样，修理着农具，他们不负春光，要在这大好时光里播种春的希望。

春天的声音，很多，很多，每一声都是欢快而向上的，每一声都是新鲜的。

我们热爱生活，就应该静下心来去听听那来自春天的声音，让那颗浮躁的心平静下来。听，那来自春天的声音，在我们耳边回荡，那是向我们发出迎接春天的邀请。

· 2022 年 4 月 7 日发表于《太行日报·晚报版》

把根扎好 未来可期

33

前几天，公务员小叶找我聊天说："进单位都两年多了，每天按部就班，接电话、接待办事群众、完成领导安排的工作，每次都小心翼翼，可是领导也没有对自己的工作给予过肯定，更不要说言及其他方面。相比于同年毕业的同学，有的已成老板，有了自己的事业，比自己早上岸的同学有的已被提拔为副科或科长，看到自己的现状总感到很困惑，也不知什么时候是个头。"我微笑着，递到他手上一根竹节，让他端详，随后，谈了我的经历和观点，他听得很认真。

前几天我看到一篇关于竹子生长的文章：竹子用3~4年的时间仅露出地面几十厘米，但到了第五年就开始疯狂生长，有的竹种甚至仅用六周就能长到15米。人们哪里知道，其实在前三四年间竹子的根在土壤里已默默延伸、扩大面积，后期的生长全靠前几年的根系输送养分，才得以如此迅速。

细细想来，有些人成长和竹子的生长规律如同一个道理。因为在别人看不见的时光深处，他们早已埋下了终有一日蓄势待发的希望，只是时间早晚的问题。

新入职场的年轻人如初生牛犊，激情澎湃，有棱有角，总认为自己毕业于名校，在学校如何优秀，如何在千军万马中披荆斩棘脱颖而出。其实，过去的最多也只能作为一种经历而已，从学校到社会，工作才是历练自己的平台。读万卷书，不如行万里路；行万里路，不如阅人无数。这句话蕴含的就是这样的道理。所以，扑下身子干，细致入微地实干，方能成长。

考入某局的公务员小赵是文科毕业生，刚到单位时领导让他写了几次材料，因缺乏实践经验，撰写的材料虽然文采飞扬却总是缺少骨架，几次都不能让领导满意。小赵知道自己的不足之处后，每天钻研法律知识和相关政策文件，主动放下身段向老同志学习。他每天早上第一个到办公室，把办公室收拾得井井有条。老同志也非常喜欢这个勤奋上进的年轻人，乐于把自己的工作经验分享给他。不到一年，小赵工作能力突飞猛进，给领导写的稿子只需经过小小改动就通过了，很快得到了局领导的认可。在一次市级公务员选拔考试中，小赵以绝对优势被市级机关调走。

人生从不缺乏施展才华的舞台，机遇总是留给那些默默付出而又有准备的人。

新入职的同志在激烈竞争中脱颖而出，各方面有着老同志不可比拟的新锐优势。初入职场，往往抱负宏大，总觉得引领天下非他们莫属。面对现实，却又感到现在的工作和环境与当时的想象差距较大，对工作认识的落差容易产生抵触情绪，有一种怀才不遇的感觉，进入不了工作角色，认为在学校学到的知识和现在的工作关系不大。所以，当真正的日常工作压到自己的身上时，又显得力不从心。这都属于入职工作的迷茫期。

其实，抱有一切从零开始的心态，扑下身子多干肯干、多听、多请教，还是会很快进入角色的。希望他们在今后的工作中经得起打磨，耐得住寂寞，扛得起责任，经得起失败，肩负起使命，只有这样，人生的道路才能越走越宽，自己的人生才能更有价值！

扎根的时节，就安安稳稳、默默地扎根，待到拔节的日子，自然不必多说。

· 2022年3月16日发表于《图们江报》

春天餐桌上的

34

餐桌上的春天，是绿色，是清欢，它总会与野菜相关联。趁着春光和煦，走到郊外，看着绿油油、长势旺盛的山野菜，薅几袋回来，把春天赐予我们的美味，经过加工放到餐桌上，定能让人心生欢喜，让人不自主地满口生津。

植物熬过漫长的寒冬，当第一缕春风把它们吹醒，它们就争先恐后往外钻。此时，人们发现，春天来了，应该去山上采点野菜回来。要不，咋能对得起这个春天？星期天一大早，一家人或朋友结伴来到郊外的山上，寻找并采挖自己喜欢的山野菜。

此时的山野，春意盎然，一片生机勃勃的景象。鸟的欢叫声、春风摇动树梢的沙沙声、孩子们的尖叫声、大人即兴的歌声，把整个春天气氛渲染得像一曲欢快灵动的春日乐章。采挖着山野菜的大人小孩，个个有着一张充满笑意的脸。挖回来的野菜可凉拌、热炒，也可包饺子、烙馅饼，根据自己的厨艺可做成各式味道鲜美的食物。春天的野菜，养生又环保，地道还解馋。

很少走出城市的人们，因满山野菜的长势茂盛而欢心，他们蹲在地上，一棵棵地挖着熟悉的野菜。山韭菜、小蒜苗、蒲公英、灰灰菜、苣荬……看到啥挖啥，不一会儿，每个人袋子都是鼓鼓囊囊的。他们自己上山采，保证野菜的原汁原味。看到这些野菜，不由想起了童年那些天真烂漫的岁月。

每年春天的餐桌上，能把野菜请上桌，是幸福也是口福。春天，蒲公英泡茶喝，能清热解毒，还有降血压的功效，喝上一季蒲公英茶感觉骨骼都强壮了。用蒲公英制作的美食：蒜蓉蒲公英、蒲公英炒鸡蛋、蒲公英蒸饺、蒲公英炖鸡汤等，每一道精心制作的美味，都会让人心生欢喜。

春天，大自然赐给我们的美食真的太多，榆钱饭、槐花饺子，还有香椿芽。去郊外挖野菜虽然是一件美事，但是我们还要带着一颗感恩的心去敬畏大自然，保护大自然。带着孩子去，我们就要做他们的榜样，从小教育他们，热爱生活，热爱大自然，让他们从小悟出大自然赋予生命的意义，同时感受到春天的美丽和温暖。

春天是一个美好的季节。郑板桥的诗句：扬州鲜笋趁鲥鱼，烂煮春风三月初。古代文人对春天的浪漫情怀和对生活的热爱值得我们好好学习。春天是丰富而又充满生命力的，我们在野外欢歌，是因为看到了不一样的风景。我们把微笑带回，是要把小日子过得温馨。因为，人生一半是诗意，一半是烟火。我们要把生活过成春天，把生活升华，这就是我们要的好日子。

- 2022 年 4 月 9 日发表于《今日永福》
- 2022 年 4 月 13 日发表于《齐河报》
- 2022 年 4 月 13 日发表于《安庆日报·岳西周刊》

独处是一种能力

35

独处不是孤单，独处是灵魂的一场狂欢。人总要经历了才能明白和领悟一些道理。少年时的轻狂，喧嚣过后的冷静，命运洪流中的取舍——这些都要经过岁月淘洗，才能慢慢懂得其内涵。在得与失中权衡利弊，人生才能不迷失方向。

岁月更替，四季轮回，人从婴儿期那一声啼哭起，注定要品人生的酸甜苦辣，看人生百态。到了知天命的年龄，蓦然回首，不禁自问：所追求的又有多少是自己真正需要的？常被轻视的，往往是生命中最珍贵的。

坐在书桌前，泡一杯清茶，望着堆满书柜和书桌的书，想读一本，又不知读哪一本好。窗外的路灯已亮，一个人坐在书房，望着窗外暮色，心突然安静了许多。喜欢在书房里独坐，喜欢静静地读一本书，在书房与书对视，在书中与智者对话，看潮起潮落，阅人间悲欢离合，岂不快哉！

人到中年，要舍弃不必要的圈子，拒绝不必要的酒局，把时间交给自己。这种生活，不是不合群，而是一种人生境界。人到中年，独处是最好的修行。独处时能超越利益纷争，让心得到安宁。生活中苟且的人和事太多太多，到头来搞得自己疲惫不堪，心里还总感觉矮人三分。与其费尽心思迎合别人，不如让自己置身于独处的状态，这样的状态，让人感觉自在。真正要想有所成就，就要牢牢把握主动权，在喧嚣中做一个追求独处的人。

独处能让自己保持冷静分辨是非的能力。人生在世，往往会被一些假象所迷惑，为追求一些虚无缥缈的东西而迷失自我，在狂热中慢慢沉沦，不能自拔。

《庄子·天下》中有云："独与天地精神往来。"人只有在一个人的时候，方能拨开迷雾，看清事物的本质，心灵游于物外，才能看清真相。独处，是一种高远的人生境界。独处让人醒悟，觉知自身渺小，洞见生命真谛，摆脱功名利禄的诱惑，不困于得失成败，用平常心看待和认知这个世界。

余华在《在细雨中呼喊》中写下这么一段话："我不再装模作样地拥有很多朋友，而是回到了孤单之中，以真正的我开始了独自的生活。"人生苦短，岁月匆匆，走到最后才发现，懂自己的人屈指可数，那些天天围在身边的人，原来心灵深处有那么远的距离，这种距离一生都无法拉近。与其这样，还不如就保持这样的距离，有时，保持距离也很美。

尼采有一句话：更高级的哲人独处着，这并不是因为他想孤独，而是因为他找不到与自身相类的人。

只有在独处中，才能在世事嘈杂里辨明人生所求。这样，才能在终日奔波里，让疲惫的身心得到抚慰，让心灵得到升华。

- 2022 年 4 月 26 日发表于《潮州日报》
- 2022 年 4 月 26 日人民融媒体转发

姥姥家门前的香椿树

36

春天，我总会想起姥姥家门前那棵香椿树。记忆里，姥姥家门前那棵香椿树比碗口还要粗，笔直的树干有 10 米多高。每到春天，树枝上就长满了密密麻麻的香椿芽。

姥爷一家是新中国成立前从河南林州逃荒到太行山来的。当时，从林州逃荒辗转半年，最后才在这个叫罐则沟的地方落脚。他们根据地势，在土崖下挖几孔窑洞就算安下了家。

长在窑洞前的这棵香椿树，是姥姥姥爷栽下的。香椿树在姥姥姥爷的培育下，一年变一个样。葳蕤的香椿树给院子增添了不少乐趣。听姥姥说，如果小孩个子长得矮，大年初一背靠着香椿树，心里默念：香椿树长我也长，长大腰里别把盒子枪。来年，小孩就会和香椿树一起长。姥姥说的话，不知真假，但是，我对香椿树又多了几分敬意。

阳春三月，万物萌发，香椿树也迫不及待地吐出浅红色的嫩芽，一枝枝诱人的嫩叶让小院春意盎然，浓郁的香撩得人直流口水。

每年香椿芽长出，姥爷就会备好长杆作为采摘香椿的工具。

香椿树下，只见姥爷一手握着一根带有铁钩的长杆，看准一个，就用铁钩紧扣住香椿芽根部，随着手转动长杆，那嫩嫩的香椿枝就掉下来了。

一簇簇幼芽散落下来，姥姥站在旁边，端着盆子，一根一根从地上捡起，不一会儿，就装满盆子。姥姥用水把香椿洗干净，再用开水烫一下，就可以做美食了。香椿拌豆腐、鸡蛋炒香椿，每一道香椿制作的菜肴，都能让人食欲倍增。每年吃剩下的香椿，还会腌制一大罐，留着慢慢食用。

我家和姥姥家隔着一道坡，我家住在坡的北面，走20分钟坡路就到姥姥家了。每年春天，为吃一口馋人的香椿，我常常跑到姥姥家去，吃饭时，姥姥总会放几勺香椿到我的碗里，因为饭里有香椿，我的饭量也大了。

秋深冬初，树叶落尽，花鸟别枝，英姿挺拔的香椿树像一名威严的战士在坚守着小院。这棵香椿树，见证了姥姥一家人为了生计，被迫流落他乡和命运抗争的故事。这种不屈的精神也是留给后人的一笔精神财富。

现在，这里已是人去窑塌，后辈们过上了他们想要的生活。但是，姥姥姥爷付出的心血，深深镌刻在后辈的心中。我怀念这棵香椿树，更怀念那几孔窑洞，因为，它们曾经给过我温暖。窑洞和香椿树，我爱你们！

今年春天，我回到了罐则沟，让我时刻留恋的香椿树却已不见了。让我惊奇的是，香椿树根还在，树根旁长出许多小香椿树，有十几棵，有3米多高。它们像阔别多年的亲人，愉悦地摇晃着绿绿的叶子，仿佛在欢迎我的到来。我久久地凝视着它们，眼中闪着泪花。想着想着，我突然觉得，那棵高大的香椿树还在。顿时，我感觉轻松了许多。

- 2022 年 5 月 12 日发表于《山西市场导报》
- 2022 年 7 月 3 日发表于《番禺日报》

从书箱到书房的变迁

37

购书，看书。书多了，就得有存放书的地方。

喜欢上读书，那是参军后的事了。当年，我参军到部队，为了在训练中不拖班里的后腿，就买一些书充实自己的知识面。有一次，机关首长下基层了解战士训练、学习情况，部队政治处的干事了解到我喜欢看书，就鼓励我写新闻报道，把身边的好人好事，以及学习、训练等热点问题写成新闻报道。通过老首长的帮助和自身的努力，我写出的文章常在报纸上刊发。这时，我的津贴基本上都用于购书，我的书也越来越多。当时，我还是班里的一名小战士，班里对内务有严格要求，除日常训练生活的必需品外，其他无关的东西一律不能放进床头柜。

这件事在当时困扰着我。班长发现问题后，帮我想了一个办法，他到驻地老乡那里，用我省下来的一双军用解放鞋找老乡换回一个杉木箱子作为我的书箱。随后，班长在储藏室找了一个方便我存取书的地方，放好了箱子。日后，我看书方便多了。就是这个不起眼的杉木箱子，一直陪我转改为志愿兵、提干。我从部队转业到地方，从部队拉回老家的家当中，这个放书的箱子也算得上我的贵重物品了。大家看我这样看重它，还以为里面装的是啥宝贝呢。

这个杉木箱子没有上过油漆，始终一身素颜。现在，它静静地躺在我的阁楼上，妻子几次说要把它扔掉，我都没有答应。有一次，她说它只是一个破箱子，我气得差点和她翻脸。她真的不知道我对它的那份情感。这不是一个普通的木箱，它是我人生道路上的加油站。

转业到地方后，我有了自己的房子，我想，这条件怎么也得有个像样的书柜。于是我到家具店买了一个漂亮的大书柜，书也就从木箱被请进了书柜，它们再也不用待在那黑暗的木箱里了。书放进书柜的那一刻，我突然有所感慨，书是灵魂之物，本就应该拥有一个大气的地方栖身。书放进书柜后，顿时屋里书香四溢，整个房间都因它显得高贵大气。

书柜里的书拿几本放到床头，晚上躺在床上看几页，心情也非常愉悦。后来，儿子也喜欢上了看书，我俩常因各自的书，在书柜里抢地方。书放不下，便显得拥挤不堪。妻子看到屋子里的书杂乱无章，撂下狠话：再这样无秩序乱放书，非得把你们的书卖到废品收购站。

也就在这个时候，我们商量着要换一套大一点的住房，我需要有一个属于自己的书房。交房那一天，我既兴奋又激动。新房装修时，我选了一间大一点的卧室做了书房，书柜是敞开式的，按一面墙定制，书桌也换了一张大的。我要让所有的书都拥有自己的归属地。现在我已到了不惑之年，读书的欲望更强了，看到喜欢的书也不再考虑价格。闲暇时，坐在书房看看书，写写文章，喝一杯清茶，倒也惬意。有些书买来，可能只看了看扉页，就放进了书柜，但我对每一本书都是虔诚和敬畏的。

一本好书就像一位智慧老人，未开口，你就已经感受到其魅力。在它身上，你会感受到智慧的力量，无形中自己的心灵也就得到了升华。

- 2022 年 5 月 18 日发表于《荆州日报》
- 2022 年 5 月 22 日"学习强国"转发

放弃是为了更好地前行

　　放弃不等同于懒惰，生命里真正需要的东西并不多，有时候，是一些虚荣空洞的东西占了上风。能够了解自己需要啥、不需要啥，懂得取舍，理性权衡利弊，才能够活得从容。学会转弯，是一种智慧的体现。

　　在印度的热带丛林中，人们用一种奇特的狩猎方式捕捉猴子：在一个固定的小盒子里装上猴子爱吃的坚果，盒子上开一个小口，刚好容纳猴子的前爪伸进去。猴子一旦抓住盒子里的坚果，爪子就再也抽不出来了。因为猴子有一个习性——不肯放弃已经到手的东西。猴子因不肯放弃抓到的坚果，最终被人捉住，失去了自由。

　　当年，爱因斯坦曾收到一封邀请他出任以色列总统的信函，但爱因斯坦拒绝了这一邀请，他说："我的一生都在同客观世界打交道，因而缺乏天生的才智，又缺乏处理行政事务的经验，所以我不适合这个职位。"爱因斯坦放弃了这个令许多人羡慕的职位，专注于科学研究，最大限度地实现了人生价值，最终成为科学巨匠。

生命之舟载不动许多欲望，要想抵达理想的彼岸，只有轻载，果断舍弃那些应当放下的东西。印度猎人捕猴的智慧、爱因斯坦的故事，告诉我们正确的放弃才能获得更大的成功。

世界丰富多彩，对我们有着太多的诱惑。如果头脑不清醒，很容易误入歧途，迷失方向，最后的结果将得不偿失。人生就是一个不断选择的过程，往往鱼和熊掌不可兼得，必须有所舍弃，才能得到想要的东西。

放弃是为了更好地前行，好心态，是一种豁达、一种开明。其实，放弃表现并不是对万事万物的清高，而是对名利思想的鄙视，对自己心灵深处的净化。

好友晋海，在学校学的是会计专业，参加工作后被分配到财务科工作。工作后，他没有放弃学习，考上了注册会计师。平时工作中兢兢业业，业务娴熟，原则性强，领导和同事都认可他。就在他把工作做得风生水起时，发现机关工作不适合自己，果断辞职。同事们都不理解他这种做法，因为能有一个机关编制是很多人的向往。辞职后，他成立了一家公司。现在，公司在当地的信誉很高，业绩很好，他也实现了自己的人生价值。

放弃是人生中最难做的抉择，它需要很高的修养、超凡的智慧，有驾驭事物发展的眼光和境界，能够果断决策，做事不拖泥带水，不让多余的事物扰乱自己的人生方向。

有些时候，能从物欲中摆脱出来，做自己真正喜欢做的事，生活才会变得充实，这也正是放弃的意义所在。

- · 2022 年 5 月 20 日发表于《劳动时报》
- · 2022 年 6 月 13 日发表于《绥化晚报》

花事人生 ——39
知多少

办公室里养几盆花，不但美化环境，还能舒缓心情。有时，工作压力大，看着绿油油的花卉，浇点水，修剪枝条上的枯叶，心情马上就会愉悦起来。养花需要技术，要懂花的习性，还要用心照看，它才能长成你想要的样子。大家都有这样的经历，花刚买来时，长势旺盛，没过几天就萎蔫了。随后，有的人便把它扔到角落里再也不管了。

花是有个性的，有的花喜欢阳光，有的花讨厌阳光；有的花喜欢水，需要潮湿的环境；有的花耐旱，需要置于干燥处。花的习性不同，养的方式也就不同。办公室养花，看似简单，却蕴藏着大学问。

文人墨客，书房里养几盆花叫清供。汪曾祺在《岁朝清供》里描述那幅旧画：一间茅屋，一个老者手捧一个瓦罐，内插梅花一枝，正要放到案上，题目：山家除夕无他事，插了梅花便过年。一个瓦罐，一枝梅花，不过信手拈来，随心摆放而已，但在汪老看来，却是真正的岁朝清供了，自然自在。正是这份雅致和性情，才让花显露出它本就具有的价值。

养花不但让我欣赏到它们的美，更重要的是，在养花期间我还悟出了一个道理。生活和工作中，我们总会抱怨平时出现的棘手问题，但从未静下心来分析问题的症结，也就难以找出解决问题的办法。工作中既然你承担了某件事，不管喜欢与否，都要扑下身子研究学习。这就像从花店买花养花一样，要了解花的习性，才能把花养好。

回想起我喜欢上养花的原因，颇有意思。记得刚转业到地方工作，对新的工作岗位和环境一时不适应，我陷入迷茫期，找不到方向。一次偶然的机会，我看了老舍先生的《养花》这篇文章，其中叙述养花能解压，还能使人快乐。从此，我在办公室和家里养了各种各样的花。每逢姹紫嫣红，香气沁人心脾。

后来，我发现养花真能解压，就坚持下来了。现在，单位同事快要养死的花都会搬到我办公室，让我帮他们养一段时间，待花恢复生机了，他们再高高兴兴地搬走。同事常跟我开玩笑说：你这里是花卉救助站。听到赞许，我会心一笑。万事万物，我们都要怀有一颗敬畏之心去对待，才能得到真正的快乐。

但愿我们每个人都能从花身上悟出做人的道理。人有百态，唯有尊重、理解和宽容，才能让世间呈现斑斓多姿的色彩。

· 2022 年 5 月 26 日发表于《荆州日报》
· 2022 年 5 月 29 日"学习强国"转发

40 就馋老家那碗猪汤

山西小吃品种丰富，样式繁多，单面食就能做出几十种花样。行走在山西，吃一个月小吃都不会重样，在众多的小吃中我最馋最惦记的是那碗猪汤，因为，猪汤里有地道的家乡味道。

我的老家在山西省长治市荫城镇，镇上有老字号猪汤摊位十几家，猪汤摊位成了镇上一道亮丽的风景，在镇上的主街道，还有一个用铜铸造的卖猪汤商人雕塑，雕塑是一个穿着清代服饰的男子正在卖猪汤，雕塑成了镇上的一个景点，外地人来到这里，喝一碗猪汤，还会和雕塑合张影做个纪念。

每天清晨6点，等待着尝鲜的人就会在镇上超市门口卖猪汤的摊位前一字排开，一锅熬制好的骨头汤，汤汁乳白，在火上咕嘟咕嘟冒着热气。案板上的盆里放着猪杂：猪肝、猪肚、猪肠等。刚一靠近，浓浓的香味就会让你垂涎三尺。老板手里拿着一个碗，碗底放少许火烧。每一位客人走到摊位前，老板都会轻轻问一句"吃点啥？"客人答道："来碗猪肝。"老板利索地从案板上抓起适量的猪肝放到碗里，又从锅里舀一勺汤放进碗里，再撒点葱花放碗里，倒点老陈醋，一碗热气腾腾的猪汤便大功告成。

长治，古称上党，与冀豫两省交界，历史上荫城冶铁业非常发达。南来北往的客商来荫城进行铁货贸易，为了迎合外地客商口味，就有了猪汤这一风味小吃。

熬制骨头汤，要长时间在火上炖，不能图节省时间。洗猪杂更费工夫。猪杂从早上送来之后就浸泡在一个大缸中，泡一上午之后，开始一遍遍清洗，直到水变清、肉变鲜。尤其是洗猪肚、猪肠时，需要洗很多遍，然后用盐浸、用醋泡，再用清水洗，才能放入锅中煮。只有把每一道工序做细，才能保证汤的鲜美。

喝猪汤，不管客人什么职业、什么身份，一律在摊位前排队等候，等汤舀好，调料放足，自己就可以端走找座位开喝了，一碗猪汤下肚，浑身舒坦。

若是逢年过节，或碰到镇上有物资交流会，人山人海，十分热闹。生意人就盼着这样的日子，早早备足食材，沿街摆满摊位。猪汤摊位前更是人头攒动，有的人为了能喝上一碗猪汤，不惜排队等上半小时。

荫城猪汤还被《早餐中国》第三季选为拍摄对象，向全国介绍这一美食。这道外地人听起来完全陌生的美食，是荫城人魂牵梦萦的家乡至味。

家乡的美食总是令人向往，那热气腾腾的猪汤，时常在记忆中沸腾，一碗猪汤变成了一个思乡的符号，抹不掉，情更深！

- 2022年4月24日发表于《中国畜牧兽医报》
- 2022年5月8日发表于《山西市场导报》

41

记忆中的青岛饼干

　　童年的记忆里，总有一款美食令人难忘，青岛饼干就是我最难忘的美食。在物资匮乏的20世纪70年代，一袋用黄纸包装成条的青岛饼干，是我童年奢侈的期盼。

　　我的老家是太行山一个小山村——北漳沟。那是一个偏僻落后的小山村，村民主要以农耕为生，过着清贫的日子。当时，我家里的主要经济收入来源于家里养的一头猪和几只鸡。村子里家庭经济情况都差不多，好也好不到哪里去。

　　星期天，我会帮母亲到野外给猪挖野菜。挖野菜回家，母亲就会奖励我几块生了虫的青岛饼干。青岛饼干一般是走亲戚时才会拿出来，平时，谁家也舍不得拆开吃。在我们当地，在那个年代，走亲戚，青岛饼干算是最好的礼品。

　　当年，谁家都会放有几条青岛饼干，去亲戚家串门，拿上一条，实惠，还有面子。饼干到了谁家都不会随意拆封拿出来享用，因为下次到别的亲戚家串门还能派上用场。就这样，东家串到西家，西家串到南家，饼干成了亲戚间联系情感的一条纽带。

青岛饼干的包装是一层黄纸，串的亲戚多了，包装纸就会破裂，家里小孩子趁包装破损，偷偷地、小心翼翼地从里面拿一块出来吃掉，大人发现后也装作不知道。直到饼干放的时间太长生了虫，才停止在亲属间流动。这个时候小孩才能光明正大地吃到青岛饼干。青岛饼干味道独特，闻一闻都会流口水。就算多年以后，每当说到饼干，我还是会想起青岛饼干的味道。

有一年，我出水痘，发高烧，每天昏昏沉沉，没有一点精神。听村里老人讲，这种病，不需要看医生，体内毒素排完就好了。亲戚们听说我生病，都拿着青岛饼干来看我，这下饼干多了起来。母亲念我生病身体弱，就拆开一条让我吃，我舍不得一下子吃完，就拿出好多块藏到柜子下面，时隔几日再去拿时，只剩下一点碎末，原来是被老鼠偷吃了。这件事让我懊悔了很长时间。

时过境迁，渐渐长大的我终于明白了那个年代父母的不易，当年让孩子们总是吃生了虫的饼干，也是受经济条件所限的一种无奈。现在，物质条件提高了，超市里的零食琳琅满目，我们又会为挑花了眼而头疼，我时常会怀念青岛饼干，它给我的童年留下了许多快乐，它的存在，就像时间凝结的情感，让我回想起那些难忘的时光，时代在改变，童年的记忆却不曾改变，青岛饼干永远是我儿时最美味的怀念……

· 2022 年 5 月 26 日发表于加拿大《七天》报

故乡从未远去

42

　　故乡，是我魂牵梦萦的地方，那里的沟沟坎坎，坡坡岸岸，写满了我成长的故事。它如同老电影胶片般珍藏在我的脑海，每每回忆，画面总会一一呈现。

　　第一次离开故乡，是我十六岁那年。我坐了几天火车后，来到了千里之外的南方某小镇军营驻地，成为一名解放军战士。当一个人离开生养他的故乡时，他才会真正理解故乡的意义。身处他乡，电视、报纸成为了解家乡信息的主要渠道。有关家乡的所有信息都变得温馨而亲切，以至家乡的一场雨、一阵风都会牵挂着游子的心。一句乡音，就会把你带回故乡，那村庄里的炊烟和田里劳作的亲人马上变得清晰，仿佛一切就在眼前。难怪有人说：乡音是游子身上的胎记。

　　故乡的土地，以丘陵为主，这里的土地肥沃宽容，大旱之年，撒到地里的种子，只要能够破土而出，秋天庄稼就会有三分收成，这片土地从未让庄稼人失望过。他们在这片土地上春种秋收，过着自给自足的田园生活。

转业回家，已是当兵十五年以后的事了，按照政策，我被分配到了离家三十公里的市里一家行政单位工作。这样，星期天就可以回家看看了。因为有过一段离家的经历，"故乡"这个名词在我生命里也就有了更多的内涵和意义。2010年，村子里因地质灾害，民房成了危房，经政府评估后，整村搬迁到镇上居住。村民们虽然搬到镇上居住，但仍离不开祖祖辈辈耕种的土地，这片赖以生存的土地就像母亲的脐带，无私地提供着生命所需养分。

随着时间的推移，蓦然回首，童年的玩伴都已进入不惑之年。面对岁月的无情、生活的变迁，他们从来没有抱怨过人生的不公，每个人都有着一颗积极向上的心。他们舍不得，也不曾荒废过一寸土地。种玉米、种土豆、种谷子、种红薯、种蔬菜，养鸡、养猪、养羊、养蜜蜂……日复一日，向上、向善、向着希望生活着。

没有离开过故乡的人，不能真切理解和读懂故乡。回想起离开故乡的那些年，故乡始终在我心底给予我力量，默默陪伴我克服一次次困难，渡过一次次难关，正是有了这样的经历，我才有了从不向困难低头的勇气和信心。

冰心这位九十四岁高龄的老作家早年也是一个游走他乡的远行者，她周游世界，曾在许多不同国家不同城市居住，称得上一个"不知何处是他乡"的文人。让人不解的是，老人现在梦中常常出现回家乡的场景，每次回的总是少女时代生活过的家，兜兜转转终是回到了原地，白发老人与天真少女融为一体。家乡是一种个体生活的真实缩影，在生命意义上，家乡是超越时空界限的思念和归宿，这可以是物质上的客观存在，也可以是精神世界的。

王朔说："我羡慕那些来自乡村的人，在他们的记忆里总有一个回味无穷的故乡，尽管这故乡其实可能是个贫困凋敝毫无诗意的僻壤，但只要他们乐意，便可以尽情地遐想自己丢失殆尽的某些东西仍可靠地寄存在那个一无所知的故乡，从而自我原宥和自我慰藉。"

我爱我的故乡，故乡从未远去，故乡就在我身边。

· 2022 年 6 月 8 日发表于《齐河报》
· 2022 年 6 月 23 日发表于加拿大《七天》报
· 2022 年 7 月 18 日发表于《潮州日报》

43

榆皮面饸饹里的乡愁

　　我的家乡在太行山上。小时候，物资匮乏，能够吃上一碗白面条是很奢侈的事情。为了改善单调的伙食，母亲总是变着法儿粗粮细作，做出我喜欢吃的美食，浆水酸菜榆皮面饸饹就是我最爱吃的。

　　做榆皮面饸饹，榆皮面最关键。榆皮是从树枝上剥下的皮，剥下的皮切成节扎成小捆在房檐下晾晒，待晾干水分后上碾盘碾碎，碾碎后用细箩筛出面粉。榆皮在春天榆树发芽和深秋落叶时节采集最好。

　　做榆皮面饸饹，先把玉米面放到面盆里，放少许玉米淀粉，再放些榆皮面就好了。榆皮面有黏性，能把玉米面黏结到一起。先把这些料用手拌均匀，再一边往盆里一点一点地倒水，一边用手不停搅拌，慢慢地揉成面团。然后在面盆上盖一块布放到灶台上开始醒面。

　　这时候开始做臊子（卤子），饸饹最好的臊子是用刺芥浆水酸菜做出来的，味道最好，臊子里还要放少许豆腐、黄豆芽、粉条。炒臊子时，炒锅里放上苦杏仁，浇上少许油，待油热到需要的温度后就可以把菜倒进去用勺子翻炒。菜做好就开始压面。醒好的面光亮亮的，在盆里等待下锅。压饸饹面要有专用的饸饹床，压饸饹时用手压着杆，拽一块大小合适的面放进饸饹床的面筒里，使劲往下压，一条条粗细均匀的饸饹被挤压到锅中，锅中的饸饹面宛如银丝在水中翻滚。把煮熟的面条捞进碗里，浇上刚才炒好的臊子，上面再撒点芝麻盐，一碗酸菜饸饹就做好了。吃的时候用筷子搅均匀，香气扑鼻，面吃起来筋道有力，家乡人常说，一碗酸菜饸饹就能吃出家的味道。

端在手里的酸菜饸饹，面条长长的，吃到嘴里滑滑的。浆水酸菜饸饹，不只是我们一家喜欢，它是方圆百里老百姓的最爱。浆水酸菜是我小时候家里灶台上的当家菜，酸爽可口，一年四季离不开。现在想来，杂粮富含人体所需的多种微量元素，浆水酸菜生津润燥，二者结合，既能填饱肚子，又能补充身体所需营养。

现在，物质条件丰富，纯白面饸饹想啥时候吃就啥时候吃，炒制臊子的食材也多了，根据个人口味，想咋做就咋做，想吃啥味就做啥味。在外面我吃遍了各种味道的饸饹面，但还是家乡的酸菜榆皮面饸饹味道最正宗。

现在，我还会从家里拿些榆皮面。每年春天，我和爱人会去郊外薅些刺芥菜回来，刺芥菜洗干净后腌制好，随时都可以吃上一碗酸菜饸饹面了。细细想来，一碗榆皮面饸饹里藏着的是老家的味道，是浓浓的乡愁，令人怀念的不仅仅是一碗饸饹面，还有那些已经渐行渐远的岁月……

- 2022 年 6 月 17 日发表于《三江都市报》

44

"学习强国"之乐

每天清晨6点左右醒来后，我躺在床上，第一件事就是打开手机上的"学习强国"App，然后戴上耳机，选择自己喜欢的文章，静下心来收听精彩内容。精彩的文章能让我清晨的心情变得愉悦。

清晨打开手机，随着一声清脆的滴水声，手机屏幕上出现两行字"学而时习之，不亦说乎"，我每天的听书之旅就此开始。听书源自2018年下载"学习强国"后，开始有点被动，每天为了完成积分任务。后来，我发现"学习强国"里的文章丰富多彩，包罗万象，涵盖了生活的方方面面，它不但成了我的老师，还成了我的益友，我会利用业余时间学习一些知识，生活中遇到棘手的问题，我也习惯了在"学习强国"上去搜索。就是从那时起，我开启了每天从"学习强国"中汲取知识的新生活。

从早上听新闻、听故事、听党史、听小说，到空闲时间浏览各地风土人情，再到于灶台前学习做各地美食，几年下来从没间断过。后来，随着加入平台的媒体越来越多，我关注的领域也在不断扩展，不论是政治、军事、经济，还是哲学、艺术，只要有兴趣，随时随地都可听或看。我发现，"学习强国"如同一所大学，每一篇文章都是空中课堂。

"学习强国"有答题板块，有双人赛、四人赛和挑战答题，里面的问答题就像一部百科全书。为了获得高分，每天我都会利用碎片时间做几组题，答题过程中总是怕答错，心里挺紧张，有时题虽然答错，但是，查到正确答案后也拓宽了我的知识面，岂不快哉？

互联网时代，获取信息变得方便快捷。但是从"学习强国"上汲取知识、了解外面的世界，我感到更贴心，更适合我。这几年，我还从平台上学习写作知识，积极参加"学习强国"平台征文，已有几篇文章被选用。在报刊上发表的文章也时有被"学习强国"平台推送，这大大改变了我的学习态度，提高了我的写作热情。

达尔文说：我所学到的任何有价值的知识，都是由自学中得来的。现在，社交减少，我可以静下心来学习一些新知识来开阔眼界、提升自身素质、增加个人思想内涵与人格魅力，"学习强国"就是我最好的一种选择。我坚信，有了"学习强国"的助力，我们每个人都将变得更优秀！

· 2022 年 6 月 17 日发表于《羹门报》

仲夏的东掌村

仲夏的东掌村，村子周围层峦叠嶂，郁郁葱葱的乡野，山花已渐次落去，只有枣花正静静地开放着，蜜蜂闻着枣花的香味，乐此不疲地在花间采着花粉，酿造着这个季节上等的枣花蜜。

东掌村地处上党南界，村子像一颗璀璨的明珠，镶嵌在太行山西麓的褶皱里。东掌村是"全国文明村"，也是上党地区屈指可数的富裕村。从市里驱车南行，半个多小时就可以到达东掌村。我和老毕约好，要去村里看看，老毕如约在村路口等我。老毕是我的战友，他在村办煤矿上班。用老毕自己的话说，自己是农民也是工人。

刚到村口，一座大气巍峨的牌楼进入我的视线。牌楼用石材雕刻而成，上方"东掌村"三个描红大字特别醒目，牌楼高高耸立在村口。老毕早已在村口等我，寒暄几句后，我们走到村口的"党员先锋岗"疫情防控点，出示健康码和行程码后，工作人员让我们扫了场所码便起杆放行让我们进村。

当踏进村里的那一刻，我就被眼前的景象震撼，平整的水泥路两旁树木郁郁葱葱，一群蝴蝶和树丛中翻飞的鸟儿构成了一幅美丽壮观的乡村图画。一栋栋设计颇有讲究的别墅有序地在村中排开，村中间农民"文化活动广场"精致典雅，广场四周花团锦簇。广场上，有工人正在搭建剧场灯光设施。老毕介绍说："这是要举办一年一度的消夏晚会。每年都会请专业的演出队伍来村里表演，村里有文艺特长的也会和专业演员进行互动。每年还会请学者到村里的文化大讲堂讲课。春节市书协还会来村里开展'书法进乡村'活动，向村民送春联。这些活动大大提升了村民的文化素养。"老毕的简单介绍，顿时让我肃然起敬。

老毕在村办煤矿上班，休班时，顺便就把地种了。村里开办的煤矿，村民在煤矿都有股份，每年都有分红。这几年，村里还开发了旅游项目，土地统一规划，栽种了油菜、连翘、苹果树，每到开花季节，总会吸引大批游客来此赏花观景。春耕时节，学校还会组织学生来村里体验农耕文化，学生自己把种子播种到地里，亲身经历种子生根发芽、春种秋收的全过程，体会劳动的艰辛。

老毕满脸洋溢着笑容，指着村东北坡上的一片老屋说："那是过去的老村，新村建设时，把老村的原貌不加修饰地保留了下来。现在，那里成了我们村的民俗博物馆，外地来旅游的人，可以住下来，切身感受乡村的风土人情。"

走在东掌村，你会发现，农民现在居住的建筑和过去的民居在这里交相辉映，传统农耕与现代化采矿业和谐共生。在这里，有现代化气息，有泥土散发着一种隐隐约约的芬芳，还有村旁小溪散发出的、在城市里难得闻到的清新气息。

在村里转了一圈，老毕带我去他家坐坐。整洁敞亮的庭院别墅，房前屋后绿树成荫，很有意境，每一处都散发着诗意。落座后，老毕拿出自己采摘的枣叶茶和连翘茶，问我喝啥。我说，都尝尝，我们喝茶聊天。我知道老毕家这几年生活不错，家庭收入稳定，儿子、儿媳都很孝顺，烦心事也不多。他说，这是赶上了好时候，现在要把身体照顾好，好好享受生活。老毕喝着茶不紧不慢地说："我们在部队虽然吃了不少苦，但吃苦耐劳的意志更加坚强了，吃苦是福啊！"我点头赞许。

仲夏的东掌村，微风拂面，不热不燥，天空的云彩像厚实的棉花堆叠在山头，树林里的鸟叫声清脆悦耳，置身东掌村就是幸福生活最好的体验。

· 2022年6月24日发表于《劳动时报》
· 2022年8月2日发表于《旅游》杂志

记忆中的书店

46

家乡小镇上的新华书店，虽店面不大，只有十多平方米，但书整整齐齐码放得满满的，闻着书香，看着心痒。新华书店里有生活类书、科学类书、工具类书、小人书等，小人书是我小时候最喜欢的。因为小人书图文并茂，便于阅读。

到镇上新华书店买书，是一件很幸福的事，对于一个山里的孩子有着太大的吸引力。可是，当时家庭条件不好，很少有零花钱用于买书。上小学的时候，星期天我会挖些药材卖给药材收购站，然后用卖药材的钱买我喜欢的书。对于我卖药材购书的事情，同学们很羡慕。有时，同学们还会拿些好吃的东西换我的小人书看。记得有一次，我买回一本《鲁提辖拳打镇关西》，认真读后，小人书里描述的那种正义力量感染了我，画面也深深地吸引了我。

上初中的时候，我看小人书少了，喜欢上了小说。在物资极度匮乏、文化贫瘠的年代，对我来说，最好的去处莫过于镇上的新华书店了。此处可以解饥，可以暂时忘却烦恼，可以打发山里的寂寞和无聊。那时走在小镇上，即使身上没带钱，当走到新华书店门口时，我的脚也像被磁铁吸住了一样，挪不动步子。最后，总会走进去，眼光在所有书上扫一遍，然后让店员拿过一本书，翻几页，才肯放回原处，恋恋不舍地走出新华书店。

后来，我到外地工作，小镇新华书店也离我越来越远了。但是喜欢读书的习惯一直在延续，阅读的领域也在拓宽，知识的积累也越来越多。我想，现在我的所有一切，都和读书有关。

现在，小镇街市繁盛，商品琳琅满目，为周围村庄提供着丰富的生活物资。这里楼房林立、车水马龙，当我去寻找当年的新华书店时，发现它已变成了一家日用品杂货店。多方打听后才得知：小镇已没有了新华书店！这令我很失落。

但小镇的新华书店一直珍藏在我记忆深处，一刻也未离去。

· 2022 年 7 月 2 日发表于《燕赵晚报》

荫城古槐

47

久闻长治市荫城古镇有一座宅院，院中长有一棵年代久远的古槐树。古槐在50年前遭受过一次雷击，树的中间被雷劈裂，不知何年，槐树在雷电劈开处长出一棵椿树，椿树在槐树的怀抱中越长越旺盛。这一现象被古镇人称为：槐抱椿（怀抱春）。

荫城古镇是山西明清时期有名的铁货集散地，古镇保留了明清时期的历史记忆。荫城古镇的古民宅和古建筑遗址非常多，现存古民宅5096座、特色院落18处、寺庙16座、旧戏台8座、旧城门7个、牌楼祠堂5个、门面店铺500余间。荫城古镇如此宏大的村落建筑群，皆得益于昔日荫城繁荣的铁器贸易。铁业兴，百业兴，制铁业的发达带动了整个古镇经济的发展，古镇建筑规模也相应地宏大起来，这座以铁发端的上党古镇，因铁而生，因铁而荣。一个个充满传奇色彩的铁商故事镌刻在古镇街巷的每个角落。

我去古镇寻找那鼎盛时期的动人故事，最让我动容和深思的要数古镇里这棵特殊的老槐树了，这棵古槐见证了古镇的繁华和衰落，从古槐身上仿佛能看到古镇的今昔。

"槐抱椿"在村中一户人家院中巍然耸立。槐树透着沧桑，老态龙钟中彰显沉稳，椿树倒像一个孩子，在槐树的怀抱里撒娇并快乐成长着，椿树的根系盘结于槐树体内，汲取槐树的养分，它们血脉相连，在风雨中积蓄着力量。槐树，一年又一年在岁月中伫立着，它傲视着风雨雪霜、雷电冰雹。所有的磨难使它成为一位知天知地、有智有爱的长者。它敞开博大的胸怀让椿树在身体里自由生长。

古镇虽然褪去了昔日的繁华，但是，其前进的步伐不曾停止。古槐从明清铁器贸易鼎盛时期走来，见证了荫城汉子打铁技艺的传承，见证了那"不欺三尺"的经营理念，见证了那"耕读传家久，诗书继世长"的家风，古镇如何能再现雄风，古槐已向世人昭示，胸怀就是舞台，有了舞台自然就有好把式登台表演。

传承千年的潞商文化，正浸润着荫城古镇的文化脉络和商业肌理，让千年铁府的积淀更加深厚，让万里荫城重新焕发出耀眼的光芒，用宽厚的臂膀迎接四方宾客。

在漫长的岁月中，古槐始终伫立在这片土地上，凝望着古镇伸向远方的路。在四季轮回中，古槐用包容的心，接纳着天地之灵气……

· 2022 年 7 月 6 日发表于《山西日报》
· 2022 年 7 月 8 日发表于《山西政协报》

半夏

48

夏至刚过，我和妻子就商量好了一起回老家避暑，只为体验乡下特有的那份清凉。

傍晚时分，坐在乡下小院中，微风拂面，浑身倍感凉爽和惬意。夜晚，村庄的小河旁，蛙鸣声扰乱了夏夜的宁静。坐在院中纳凉，我想起了宋人洪咨夔的诗《夏至过东市二绝》："插遍秧畴雨恰晴，牧儿顶踵是升平。秃穿犊鼻迎风去，横坐牛腰趁草行。""涨落平溪水见沙，绿阴两岸市人家。晚风来去吹香远，薮薮冬青几树花。"

夏至后，乡村的夜晚，气温不热不燥。每到这个季节，村里小朋友玩得最开心。一群孩子结伴在村里疯玩，他们在树上采摘杏子，在山坡上采摘一种叫蜜蜜罐的野花，含在嘴里滋滋吸几口，满嘴是甜味儿，爬树抓知了、下河摸鱼，赤条条在水里嬉戏的小伙伴们玩得那叫一个痛快。

村庄的玉米地里长着许多三五片叶子的草，特别在夏至过后，这种草长势旺盛，有种疯长的感觉，在玉米地里显得非常惹眼。有一次，出于好奇，我就挖了几棵想看看它的根茎是啥模样。挖出后，发现它根上结着像玉米粒大小的颗粒，白白的，像珍珠。在好奇心的驱使下，我用舌尖尝了一下。没想到，一股火辣辣的麻迅速在我嘴里蔓延，我使劲往嘴里吸气，那钻心的麻还在持续，我跑到河边用河水漱口也无济于事，嘴麻了一天才慢慢好转。在我的记忆里，它比花椒要麻好多倍，现在想起还是心有余悸。

后来经村里的长辈介绍我才知道，这种草叫半夏，它是一味中药，有较高的药用价值，它能治疗湿痰寒痰、咳喘痰多、风痰眩晕、痰厥头痛、呕吐反胃等。从此以后，每到夏至我就想到半夏这味中药。

现在我已步入中年，儿子已成家立业，孙儿活泼可爱，一家人其乐融融。夏至时节，田园里瓜果飘香，地里的庄稼长势喜人。置身故乡的老屋，儿时的情景时时浮现于脑海，那些天真无邪的小伙伴，在一起无拘无束疯玩着自创的游戏，拿着自制的玩具，享受着属于他们应有的童年生活。

夏至以后，气温上升，城市里夜市喧闹，年轻人喜欢坐在小吃街，喝着啤酒，撸着串儿，享受着快节奏的都市生活。也许是上了年纪，我倒是更喜欢乡下那种清静自在的生活。坐在老屋的院子里，泡一壶茶，闭目养神，或坐在屋里读一本好书，写一篇文章，让身心得到书香的滋养。白居易的《销暑》里写道："何以销烦暑，端居一院中。眼前无长物，窗下有清风。热散由心静，凉生为室空。"意思是说：去掉烦躁，心静自然就会凉爽。

"一月雨，半夏凉，莆团禅板坐相当。泥牛踏破澄潭月，光影芒芒夜未央。"小暑至，夏已半，不管天气如何炎热，都要有好心态，让每一天的生活都充满诗意。

· 2022 年 7 月 9 日发表于《湛江晚报》

49

种子的信仰

种子是人类赖以生存的根本，它在人们心里有着至高无上的地位，也是人类文明的象征。我的故乡位于太行山区的北漳沟村。在这片土地上，庄稼人把种子视为他们的命根子。

在我童年的时候，每到秋收季节，庄稼人就会把收来的玉米、谷子、大豆中颗粒最饱满的挑出来，作为来年的种子。在堆满禾场的秋粮中，像在举办一场挑选比赛，所有的粮食静静地等待着一场海选。选出的优质种子承载着庄稼人太多的希望。一粒种子就是一名出征的士兵，注定要经受风雨雷电的洗礼，它是否强壮，决定着来年的收成。

在众多的粮食中挑选优质的种子是一件很费心的事。民间有句老话："地里挑，场上选，忙半天，丰收是一年；种子经过筛，幼苗长得乖，种子选得好，秋天偷着笑。"选出的种子大多被挂在屋檐下晒，这样不会损伤种子的胚芽，也不会遭受虫蛀、鼠咬，更不会霉烂变质。

老话说："饿着爹娘，不舍种粮。"在我的家乡流传着这样一个故事。新中国成立前，一户从河南林州逃荒的人家，在逃荒途中，母亲拖着病痛的身体，把讨来的饭供家人分吃，自己几天没有吃一点东西，最后体力不支倒地。在弥留之际，母亲从怀中拿出一包种子，对家人说："这是一包种子，逃荒途中，不管遇到多大的困难，都要把种子保护好，有种子在，我们就会找到出路。"说完便带着遗憾而去。这个故事能够流传下来，足以显示过去庄稼人对种子的重视。

随着农业科技的进步，庄稼人意识到自留种不具备高产优势。因此，庄稼人会早早来到种子商店，好好看、好好选，挑选出自己满意的种子。

现在，庄稼人每年还留有少量自留种，种到地头岸边，不求有多高产量，种下的是一种情怀。麻籽作为自留种，每年会被撒在地垄旁，秋收后榨油用于年节炸糕、炸丸子、炸馓子——这些炸出的食品，情怀大于味道。冬至吃瓜饺子，是家乡的风俗，用于做馅儿的瓜也是自留种，种子随便撒到一块空地，就会结出一串瓜。这种瓜长熟后皮特别硬，耐存放，从秋天放到春天也不会坏。庄稼人把这种瓜叫北瓜，我在网上输入"北瓜"俩字，显示的结果和家乡的瓜不是一个品种。

种子有信仰，人生有信念。相信，每一粒珍贵的种子，都会结出丰硕的果实，让人们的生活更加幸福。

· 2022 年 7 月 14 日发表于《中国应急管理报》

唱支军歌庆"八一"

50

"雄赳赳气昂昂跨过鸭绿江／保和平卫祖国就是保家乡／中国好儿女齐心团结紧／抗美援朝打败美国野心狼……"儿时的我，每当听到这首激情高昂的《中国人民志愿军战歌》时，对志愿军战士崇敬的心情就油然而生。当年，志愿军战士们奔赴朝鲜战场就是为了世界的和平、祖国的安宁。为了祖国和人民，他们抛头颅、洒热血，才换来我们今天的幸福生活，所以，我们要铭记他们的付出，珍惜来之不易的幸福生活。

1983年冬天，我如愿穿上了绿色军装，怀揣保家卫国的梦想走进了军营。当年，同我一起来到新兵连的还有来自山东和云南的新兵。一群十七八岁的懵懂青年，因共同的梦想走到一起，但生活中难免会出现一些小摩擦和一些不愉快的事情。在部队领导和班长的教育引导下，我们慢慢彼此熟悉，并懂得了在部队这所大学里要互相帮助和支持才会在未来执行急险任务中取得胜利。特别是训练间隙常唱的那首《战友之歌》："战友战友亲如兄弟／革命把我们召唤在一起／你来自边疆他来自内地／我们都是人民的子弟/战友战友/这亲切的称呼这崇高的友谊/把我们结成一个钢铁集体/钢铁集体/战友战友目标一致/革命把我们团结在一起/同训练同学习同劳动同休息/同吃一锅饭同举一杆旗/战友战友/为祖国的荣誉为人民的利益/我们要并肩战斗夺取胜利/夺取胜利。"这首歌让新兵们懂得了如何才能完成工作任务，如何才能成长为一名合格军人。新兵连三个月的艰苦训练，我们在考核中个个优秀，彼此结下了深厚的革命友谊。

新训结束后，我被分配到连队，每天都有军歌声陪伴在身边。训练结束后，唱一首《打靶归来》："日落西山红霞飞/战士打靶把营归/把营归/胸前红花映彩霞/愉快的歌声满天飞/mi so la mi so/la so mi do re/愉快的歌声满天飞/歌声飞到北京去/毛主席听了心欢喜/夸咱们歌儿唱得好/夸咱们枪法数第一……"饭前唱一首军歌更是不能少。在全团开大会、集体看电影时，拉歌不但能展现出军人的豪迈，还能在兄弟连队面前展示出战斗力和士气。拉歌时，每个连队都憋足了劲，一派紧张激烈、热火朝天的气氛，你方唱罢我登场，总有一种要把对方压倒的气势。有人说，军歌是部队的魂魄，这一点也不夸张。军人就是在唱着军歌中不断成长，不断提升军事素养和战斗力。

退役时，离开部队那一刻，战友们敲锣打鼓，齐唱《送战友》，唱得人热泪盈眶。正是因为有了部队这个大熔炉，才锻造出我们今天刚毅的品格和从不轻易向困难低头的勇气和信心。多年以后，我们背后都有一群默默支持的战友，这是人生中多么幸福和自豪的一件事情。每每想起部队，想起战友，我都会情不自禁地唱起《我的老班长》《军中绿花》等军歌，只有这样我的心情才会得到慰藉。

和我一起退役还乡的战友，现在都已进入暮年，但每年"八一"建军节这一天，我们都会聚在一起，共同追忆那峥嵘岁月，畅谈当下的美好幸福生活和未来。然后，我们列队激情高涨地唱一首军歌，倏忽间，仿佛我们又回到了火热的军营。年年岁岁有今朝，"八一"建军节即将来临。战友们！让我们唱响军歌，用我们军人特有的方式共同来欢庆"八一"建军节吧！"生命里有了当兵的历史，一辈子都会感到珍贵；生命里有了当兵的历史，一辈子都会充满光辉！"

- 2022 年 7 月 22 日发表于《枣花》报
- 2022 年 8 月 1 日发表于《甘肃工人报》
- 2022 年 8 月 1 日发表于《绥化日报》
- 2022 年 8 月 11 日发表于《国防时报》

雨后的村庄

　　村庄的夏日草木葱茏、风光宜人，湛蓝的天空上飘着几朵云彩，像棉花一样白得纯粹；泥土的芬芳让人沉醉。置身于夏季的乡村，你一定会感受到久违的惬意。

　　俗话说，夏天的天气像娃娃的脸，说变就变。刚才还是晴空万里，转眼间，一声惊雷就把乌云引来了，顿时，一场狂风暴雨突袭了村子。雨说停就停。雨后的村庄，空气清新，一道彩虹架在远山，鸟儿扑棱着翅膀，在天空中飞着叫着。大雨过后的山村，对孩子们来说就是欢乐的天堂。孩子们迫不及待地跑出家门，寻找属于他们的快乐。

　　夏日雨后，逮一种叫水夹子的昆虫是小孩子们的最爱。这种昆虫，春天是幼虫，呈乳黄色，大家都叫它黄虫。春耕时，从地里挖出，大人会在火上烤熟后食用。到了夏天，虫子变成会飞的水夹子，雨后纷纷从地下钻出来。之所以叫水夹子，是因为它们前面两只脚像两个夹子，不小心被它夹住手很痛，它们似乎只在下雨后出现，其他时间几乎见不到它们的身影。把逮回去的水夹子在水盆里泡一天，再清洗干净，无论是油炸或是火烤，都会香气四溢。

大人们雨后会到山坡上捡地木耳（地皮菜）。地木耳滑腻、柔软、透明，像一块块小海带。地木耳是一道美食，用鸡蛋炒着吃或煲汤，味道都很鲜美。夏天，乡村草木繁盛，大自然赋予万物强大的生命力，地木耳应运而生。雨后的山坡上挤满了捡地木耳的人，他们慢慢扒拉开草叶，地木耳就出现在眼前，嫩嫩的，黑黑的，特别招人喜爱。捡回来的地木耳，清洗干净、晒干后，就可以供家人平时享用了。地木耳不但味美，营养价值也很高，富含蛋白质，它比人工食用菌的益处还要多。

雨后的意象是迷人的，席慕蓉在《雨后》中写道："生命，其实到最后总能成诗，在滂沱的雨后，我的心灵将更为洁净，如果你肯等待，所有飘浮不定的云彩，到了最后，终于都会汇成河流。"

夏日雨后的乡村，大自然馈赠了人类太多的美好。雨后的村庄空气清新，凉爽舒适，屋顶的炊烟伴着大地氤氲的雾气，把山村渲染成了一幅名家笔下的山水画。孩童的欢笑声、蛙鸣声、鸟叫声，声声动听入耳，构成了一曲大地交响乐。杨柳依依、水流潺潺、小草青青，每一处景色都灵动而热烈。

- 2022年7月29日发表于《南宁日报》
- 2022年8月5日发表于《祥云时讯》

挂画的境界

　　小时候在农村老家，无论穷富，家家过春节时都会挂一些喜庆的年画来烘托节日气氛。通常房子中堂会挂伟人的肖像，其他显眼的地方贴些喜庆的年画或挂历，简陋的房间顿时平添了几分喜庆。

　　家中挂画，是由家庭条件和自身的文化修养决定的，可俗、可雅，只要是和家庭氛围协调有趣就好。

　　古代，无论文人雅士还是达官显贵，把烧香、点茶、挂画、插花称为"四雅"。一人独坐案头，泡一壶茶，焚一炷香，屋里挂几幅画，意境立马提升。因为古人对诗书画的虔诚，才有了今天的经典传世之作。

　　现在，生活条件好了，家中以悬挂书画作品的形式来体现主人的文化品位，这成为一种新时尚。俗话说"忠厚传家久，诗书继世长"，就是这个道理。一幅好画、一手好字体现的是主人的修养，也是家风传承的一种载体，也能成为后辈的风向标，浸润着后辈的德行和修养。不学诗，无以言；不学礼，无以立。每一个小家都是社会的一部分，家庭好，社会才会好，国家才会强盛。

前几天我读到文友写的一篇文章《君子三惜》。说的是他在朋友书房看到一幅字，上书"君子三惜"，笔墨遒劲，熠熠生辉，不由得让他仔细揣摩。"君子三惜"出自《明史·列传第四十九》，指的是：此生不学，一可惜；此日闲过，二可惜；此身一败三可惜。有人说："一个人之所以迷茫是因为学习不够，才华撑不起他的梦想。"家里挂了"君子三惜"这样的书法作品，可见主人是悟出了一定的道理，因此他才会用这四个字来警醒自己，规范自身行为，培养良好习惯，从而提升自我。

我的一位事业成功的朋友，在办公室挂着一幅山水画，画中写着一首苏轼的词《定风波》："莫听穿林打叶声，何妨吟啸且徐行。竹杖芒鞋轻胜马，谁怕？一蓑烟雨任平生。料峭春风吹酒醒，微冷，山头斜照却相迎。回首向来萧瑟处，归去，也无风雨也无晴。"画中呈现的是连绵不断的群山，群山之上有劲松，有翠竹。山与山之间，有瀑布，有小溪。山上，有背着柴火走在山路上的砍柴人，有骑着毛驴的赶路人，还有依山而居坐在窗前的读书人。群山之下一条大河穿山而过，河面上有船向上游或下游划去，一派繁荣景象，河边垂钓的人倒是显得悠闲自得，画中呈现出百态人生。听朋友讲，创业到现在，他都是顶着风风雨雨走过来的。压力大的时候，他便泡一壶清茶，看着墙上挂的画和词，心情立刻就会好起来。这么多年，他从未轻易向困难妥协，从未放弃挑战，正因这样，他才有了今天的成功。

家里挂一幅字画作为自己的座右铭，来提升自己的学识和修养，是一件妙趣横生的事。家里挂画看似简单，里面却蕴含着大学问，挂画要结合自身条件和家庭情况，量身定制，切不可把画等同于一般的装饰品，那样将会适得其反。客厅挂一幅有内涵、有品位的字画，不仅能让屋子熠熠生辉，还可以提升家庭成员的文化修养，让家人从哲思中感悟出做人和做事的道理，这等好事何乐而不为呢？挂画也是一种境界，这种境界同样令人神往，艳羡不已。

- 2022 年 7 月 26 日发表于《书法报》
- 2022 年 8 月 10 日发表于《宁夏日报》
- 2022 年 10 月 28 日发表于《中国审计报》

绿色军营常入梦

1983年冬，太行老区的长治市天气寒冷，11月4日清晨6点，长治市火车站，一群刚穿上绿色军装的热血男儿，怀揣军人梦想，坐在站前广场上，等待着驶向军营的列车。

满载新兵的列车，驶离太行山区，奔向南方某个小镇，到达部队驻地时已是晚上10点多了。新兵连坐落在一个村庄里，房子是驻地老乡家闲置的，几排干栏式木楼就是我们的驻训营房，老兵们敲锣打鼓迎接我们的到来。经过点名，我们跟随各自的班长前往宿舍。

这里山高林密，一头扎进大山，便分不清东南西北。抬头望去，山一座挨着一座，茂密的森林把山沟遮挡得严严实实。小河在山脚下自由自在地流淌，抬头望去，天空显得有些狭窄。因部队刚组建，在砖瓦建成的营房不够用的情况下，干部、战士就亲自动手搭建简易的营房，他们就地取材，用竹子做墙，杉木树皮做瓦，竹子做的墙用泥巴抹平，营房就算建成。每当遇到下雨天，外面下大雨里面下小雨。在这简易的房间里，住着导弹操控工程师。这支部队藏龙卧虎，人才济济，理工科本科生占了兵员数的一半以上，他们在大山里耐得住寂寞，熟练操控着国之重器。

毛主席在《清平乐·六盘山》中写道："今日长缨在手，何时缚住苍龙？"军营身后的大山正是"苍龙"蛰伏之地，长缨正严阵以待。出于保密，外界对这支部队的存在知之甚少。1984年国庆阅兵，战略导弹方队的9辆大型牵引车，载着中国自己设计制造的远程、中程和洲际战略导弹首次公开展示在人们面前时，才揭开了这支部队的神秘面纱。当这个庞然大物出现在长安街上时，十里长街顿时沸腾了，神州大地也沸腾了。看台上的各国武官一片惊呼，这就是中国的战略导弹啊！

1996年，部队装备转型，我们团接到新的任务，为适应新的作战任务，我们团需组建一个阵地管理连，经团党委研究决定，我被任命为阵地管理连第一任连长。当时，连队接管阵地后，要在短时间内对坑道内部进行全面装修，并对新设备进行熟练操控。那时，连队没有星期天和节假日。这项工作，还牵动着第二炮兵司令员杨国梁将军的心。1997年夏季的一天，杨司令在视察我们连时，紧紧握着我的手说："要把连队伙食搞好，新装备，要用科学的态度对待，细细钻研，谨慎操作。"司令员的殷切希望，大大地调动了大家的积极性，当年阵地就达到了技术要求。这一年，全连战士不甘落后，每一个人都在默默地努力着、奉献着，年终，连队荣立集体三等功。

铁打的营盘，流水的兵。现在，当年的战友都回到了地方工作，部队已移防别处。可是，令我魂牵梦绕的第二故乡却时常出现在我的梦里。

昔日的军营，我怀念你！回首往昔，仿佛就在昨天，第二故乡已是我生命里的一部分，很难割舍。此时，那首熟悉的旋律又在耳边响起："啊祖国，亲爱的祖国，你可知道战士的心愿，这儿就是我们的第二个故乡……"

- 2022 年 7 月 29 日发表于《新任城》
- 2022 年 7 月 30 日发表于《今日六枝》
- 2022 年 8 月 25 日发表于《国防时报》

节俭之美

民以食为天，吃饭是人类得以生存的基础。因此，节约每一粒粮食就是对人类生存最起码的尊重。中华文明源远流长，在历史长河中，中华民族也曾有过多灾多难的岁月。但是，每一次危难之时，国人都能克勤克俭，用自身的智慧找到解决危机的出路。

古人对于食物的虔敬远远超出了我们的想象——"一粥一饭，当思来处不易；半丝半缕，恒念物力惟艰""一饱之需，何必八珍九鼎？七尺之躯，安用千门万户""良田万顷，日食三升；大厦千间，夜卧八尺"。在古人看来，食物不仅仅是为了果腹，更是一种值得虔诚敬奉的对象，且与图腾崇拜、民俗文化紧密相连。

喜欢美食是人的天性，今天的我们随时可以满足个人对美食的需求。年轻人待在家里，在手机上轻轻一点，适合自己口味的美食很快就会被送到眼前，这种个性化的服务让生活便捷起来，同时也让年轻人丧失了动手的能力。外卖虽然方便快捷，可是家里少了烟火气，未免也少了几分温情。

"饮食男女，人之大欲存焉"。今天的我们，已经对食物产生味觉疲劳。最主要的是，我们在物质丰富的背景下太放纵自我，猛吃海喝，以致营养过剩，我们身体都承受不了，慢性病有年轻化的趋势，高血压、糖尿病、高血脂等富贵病发病率大幅攀升。俗话说得好，病从口入，在物质丰富的当下，一定要管住嘴，迈开腿，多吃一些绿色食品，粗粮、细粮要均衡搭配，养成勤俭节约的好习惯。

节约是中国的传统美德，是知足常乐的价值取向，现实中的餐饮浪费现象非常严重，有人在饭店讲排场，点一桌丰盛的菜肴，吃得少剩下的多，碍于面子认为打包带回家会让人看不起。俗话说：常将有日思无日，莫待无时思有时。即便现在我们的物质条件好了，但勤俭节约这一传统美德不能丢掉。

惜粮惜物、勤俭节约是好家风传承的表现。古人说：历览前贤国与家，成由勤俭败由奢。奢靡无度往往与"败"连在一起，甚至成为败家亡国的起因。

"光盘"不丢人，理应成为社会风气的导向，成为节约食物的新时尚。珍惜每一粒粮食，养成健康饮食的好习惯，慢慢你就会懂得，生活原来如此美好。

· 2022 年 8 月 13 日发表于《西江日报》
· 2022 年 8 月 23 日发表于《绥化晚报》

55

浅秋如酒 醇香醉人

立秋后，夏天便成了往事。浅秋的大地到处呈现出即将成熟的景象，空气中弥漫着果实初熟的清香，深深吸一口气，像品尝了一壶刚刚酿造的酒，醇厚迷人。

田野里，秋阳呆呆，身姿挺拔的玉米已结出了饱满的玉米粒，掰几棒嫩玉米回家，在灶台上煮熟，嚼在口里香甜细腻，浅秋的味道真爽。立秋时节里，时令的瓜果更馋人，脆甜爽口的李子、润肺清热的大鸭梨、酸酸甜甜的大苹果，还有晶莹透亮的葡萄，吃在嘴里、甜在心里，灶台上煮秋的味道氤氲着整个小院。

四季轮回，唯有浅秋的味道最迷人。记得小时候，生产队在地里种了西瓜和香瓜，每到这个时节，小伙伴们就会跑到地头眼巴巴地看着满地熟透了的西瓜和香瓜，口水在嘴里直打转。看瓜的老爷爷瞧见馋嘴的我们，通常会破例摘一个西瓜，拿到石头上磕几下，瓜裂开后，老爷爷会掰开给每人分一小块，小伙伴们吃完后，一抹嘴，高高兴兴跑回家。母亲会提上篮子到玉米地里把豆角摘回来，灶台上，锅里装满摘来的豆角，加水煮熟后，捞出晾晒一会儿，然后用线绳穿成串，挂在屋檐下晒干。储存好的豆角可以吃上一年，豆角焖面、豆角炒肉，都是可口的美食。

立秋后，"秋老虎"发威，天气有点燥热，大家都盼着下雨。当然，庄稼人盼下雨更是为了秋天有个好收成。立秋后，庄稼长势旺盛，需要充足的水分才能保证颗粒饱满。

浅秋风景美如画，文人墨客都赞美它，秋风拂岭，如诗如画；雨丝如烟，悱恻缠绵。浅秋时节，植物竭尽全力舒展身姿，做着向上的姿态，把最美好的果实留在人世间。田野里，山坡上，尽是那迷幻的景色。山上，叫不上名字的野花也在悠然绽放，挂满果实的酸枣树在秋风的摇曳中显得沉稳、豁达。群山之上飘浮的朵朵白云，像一群群绵羊，在天地间自由奔跑。高山、青松、白云、流水，像一幅浑然天成的山水画。

秋的美，美在风景，美在收获，美在岁月里的那份沉淀。漫漫人生路，经历过风雨才懂得收获的艰辛，人生路上不确定因素太多，用信念拥抱希望就会有精彩的人生。岁月，像无情的风，带走了年少轻狂和青春容颜，而收获的是阅历和对生命的感悟。

秋天是收获的季节。转身之际已开始与秋缠绵，端一壶浅秋时节酿造的美酒，与天地对酌，对酌出秋风染天地、清露润枝头，岁月留香，生命辉煌。走过的是岁月，铭刻的是地老天荒，年年有秋今又秋，不变的是我们始终如一的守候。

- 2022 年 8 月 16 日发表于《修水报》
- 2022 年 8 月 20 日发表于《海丰》报
- 2022 年 8 月 22 日发表于《宿迁日报》
- 2022 年 8 月 24 日发表于《齐河报》
- 2022 年 8 月 24 日发表于《夔门报》
- 2022 年 8 月 25 日发表于《枣花》报
- 2022 年 9 月 2 日发表于《长治日报》

起名字的艺术

人的姓名最早起源于远古时期。汉代许慎在《说文解字》中说："姓，人所生也……从女从生"。这是对"姓"的产生的阐释，说明姓名最早是开始于母系社会，以女性为核心。姓是一个族群的标志，一个族群一般是同姓之人，而名则用于区分同姓中的不同个体。老子在《道德经》中也说过："无，名天地之始；有，名万物之母。"为了区分族群成员中的个体，就形成了姓名，姓加名，便成为个人的独特标识。

我出生于20世纪60年代，那时候起名字大多含有当时的社会背景，名字通常带有时代烙印。参加工作后，经常遇到和我同名同姓的人，以至在外面办事时，名字前面还要加上某某单位才能避免混淆。在工作中也常会被张冠李戴，时有尴尬事发生。

1990年儿子出生后，我和爱人商量一定要起一个大气的名字，因为名字关乎孩子的未来。我和爱人查字典，最后选了一个生僻字"垚"为单字名。谁知上户口就遇到麻烦，当时办公电脑刚兴起，工作人员说"垚"字电脑打不出，只能打个"土"字，可能工作人员还不会操作生僻字录入功能，随后，工作人员用碳素笔在户口本"土"字下面写了两个"土"字拼凑了一个"垚"字。

就在儿子升初中时，麻烦事又来了，同班的一个女同学，和儿子同名同姓，同学和老师为了区分两人，每次要在名字前面加上男、女才能区分开谁是谁。在班里，他们都为名字感到困惑。为了解决重名这一尴尬事，我还跑到派出所申请了改名，重名这件烦心事才算画上了句号。

儿子结婚成家后，我和爱人喜得孙子，喜事降临别提有多高兴。高兴之余，起名字又成了我们家的头等大事。有了以往经验，我们定了个起名小规则：一是避免重名；二是要有文化气息；三是要有一定寓意。规则定好后，我们全家齐上阵，开动脑筋起了十多个名字。最后，在众多名字中，全家一致同意用"沐谦"这个名字。木字加三点水成沐，寓意着小树有水的滋养才能成才。《管子·权修》："一年之计，莫如树谷；十年之计，莫如树木；终身之计，莫如树人。""谦"取"谦冲为怀"之意，愿他终生持守谦德，活出精彩人生。孙儿的乳名叫小满。对于这次起名字全家人都很满意。

起一个好听且寓意深的名字，是长辈对下一代的期望，其实，再好听的名字都比不上有一个好德行和好名声。人的一生不是有了好名字就能顺利，而是要受良好的教育，要有好的家风传承，还需要有锲而不舍的奋斗精神。有的人虽然有一个大气好听的名字，但毫不顾惜自己的名节、名声，所作所为遭人指摘。所以，再好听的名字，都要和名声、名节联系起来，这样才能对得起自己的名字。

· 2022 年 8 月 25 日发表于《淮北广播电视》报

57

做事要有度

最近看到一个短视频，一女子获800元奖金后，请闺蜜去饭店聚餐分享快乐。到饭店后，闺蜜又把她的朋友叫来，此人很不客气，点了一道价格不菲的菜，用完餐后，又点了一道菜打包带走。该女子很是不爽，埋怨了闺蜜几句，没想闺蜜竟反问，朋友点个菜打包带回去咋啦？女子听后很生气，从此与闺蜜断绝来往。

看完此视频，我的心情久久不能平静，用吃饭的方式和闺蜜分享快乐，本意是好的，谁知中间出现了不愉快的插曲，把一件高兴的事搞得很狼狈，还伤了和气，多年的友谊小船说翻就翻。从此事中可以看出闺蜜和她朋友自私的一面，在她们看来，我需要的，就是合理的，从不考虑别人的感受。

我的朋友大刘开了一家公司，效益很好，属成功人士，他性情豪爽，热情大方，不管谁找他帮忙，他都会出手相助。时间一长，大家都知道大刘大方，有些人本来没有大的困难，可他们习惯了找大刘帮忙。特别是借钱的事，让大刘很是苦恼，借出去的钱很少能要回来，有的还说他"你又不差这点钱"。后来，大刘不再随意大方，而是把爱心送给那些真正需要帮助的人。他积极参加公益事业，逢年过节向养老院、孤儿院送温暖。后来，很多爱心人士都加入他的队伍。他的行为得到了社会的赞扬，既体现了财富的价值，也实现了人生意义。

这些事例说明一个道理：不管啥事都要把握一个度，如果把握不好，会适得其反。民间有句俗话："有话说给懂你的人，有饭送给肚饿的人。"一个不懂你的人，你对他说心里话，有可能变成笑话；把一碗饭送给饥肠辘辘的人，他会万分感激你。

有了喜事，让朋友一起分享快乐有多种方式。现在是信息时代，可以把自己的喜事编成几句话发朋友圈，懂你的人自然会祝福你，不懂你的人也别太在意，因为人的价值观不同，出发点也会不同，不要过分纠结他人的看法。朋友聚餐还是AA制好，这样可以卸下人情的包袱，交往会更轻松。只有大家平等相处，交往有度，友情才会更牢固。

· 2022 年 8 月 26 日发表于《三江都市报》
· 2022 年 9 月 8 日发表于《溧阳日报》

58

河道边散步

　　散步是我的一项爱好，我尤其喜欢到城市河道两旁的人行道上散步，在那里感受城市喧闹背后的静谧是一种享受。人工修筑成而成的河道，有小桥流水景观，绿树成荫，在这里散步时，我像鸟儿一般自由，呼吸着清新的空气，倍感惬意。

　　我曾经读到一篇关于散步的文章，文章中说"散步"一词源于古人的食药风气。魏晋南北朝时期，士大夫盲目追求延年益寿，服食五石散成为风气。五石散中的某些成分有毒，服用会损害人的健康。服用后，需通过"散发"（药效释放）缓解中毒症状，若散发不畅则会危及生命。为了使药性顺利散发，食药后不能静卧休息，必须行走，以刺激药效发作，这种行走当时叫"行散"。到唐代，人们服用五石散的风气渐衰，而行散衍生的漫步形式未减少，于是演变为散步。韦应物就有诗曰："怀君属秋夜，散步咏凉天。"原来这就是散步的由来。

　　每一个清晨，我穿过渐喧的街区，来到河道，和绿荫碧水相逢。此时，河道微风拂面，河水悠游自在地流淌，河水中花草树木的倒影十分清晰，如梦如幻。河堤上三三两两的游人，边走边说，悠闲自在。河边，树木花草长势旺盛，一阵风吹来，岸边垂柳的枝条轻拂行人肩头，像在问候散步的人群。

晚上散步风景别样，朦胧的夜色中，树木沉静，水面平静，河道两边橘黄色的灯光把岸边的景色映照在水里。此番景象，像一幅写意画展现在眼前，幽静、梦幻、意境悠远。缓步走着，景色随脚步变化。岸上的景色和水里的倒影浑然一体。微风吹来，树叶沙沙作响，清凉的风轻轻拂面，让游走在河边的人倍感舒爽。

喜欢水和植物，散步便可与它们相伴，闻着它们散发的干净、清新的气息，身心也得到了净化。走累了，可以在河道边的休闲长椅上小坐片刻，听风与小草、柳树呢喃的声音。蛐蛐也耐不住寂寞，用它那天籁之音赞美着人间的大好时光。天地之间万事万物各有造化，每一个生灵、每一片树叶都有属于自己的世界。它们在天地之间奋力地向着太阳生长，把最精彩的一面展现在人世间。在河堤散步，同时收获的也有一份对大自然的敬畏和愉悦。

待到秋深时，摘几片被霜染红的枫叶，将满载阳光和风雨故事的叶子带回家，放到书房作为书签，夹在墨香四溢的书页间，书房就多了一个从秋天走来的故事。

· 2021 年 8 月 31 日发表于《春城晚报》
· 2022 年 9 月 1 日发表于《溧阳日报》

59

太行美景 在大河

　　乔羽老先生创作的《人说山西好风光》《我的祖国》这两首歌红遍大江南北，优美的旋律、动听的歌词，让国人感受到了祖国大好河山的壮美。其中《人说山西好风光》歌词"左手一指太行山"和《我的祖国》歌词"一条大河波浪宽"，两句歌词和山西太行山大峡谷的一个村庄有着神奇的巧合，那就是山西壶关县太行山大峡谷的大河村。大河村四周群山环抱，用无人机鸟瞰，村庄四周的山峰像一朵盛开的莲花，河水像莲花上的雨露，晶莹剔透，波光闪耀。

　　大河村地处晋豫两省交界处，位于长治市壶关县东南，太行山大峡谷旅游区腹地，村民以经营旅游产业为主。经过村集体多年的旅游开发，如今的大河村已经形成了以青龙峡、大河漂流、中国攀岩基地为主的旅游项目。大河村赶上了国家的好政策，村民依托太行山大峡谷旅游项目，走上了致富路。

　　同事老王家就在大河村，受他的邀请，在浅秋时节的一个周末，几个同事相约，早晨出发驱车到太行山大峡谷的大河村旅游并漂流。汽车穿行于峡谷之间，仰望太行雄姿，我们叹服大自然的鬼斧神工，凝望巍峨的山峰，草木葳蕤，水光潋滟。群山绵绵横亘于天地之间，有万马奔腾之气势。峡谷间云雾缭绕，徐徐的微风吹来了浅秋那清新的味道。绵延的峡谷盘山公路或左或右，宛如一条在大地上漂浮的丝带，而我们则成了丝带上的舞者。

车行驶到大河村后，我们商定上午游青龙峡，下午漂流。

青龙峡融青山、绿水、峡谷、洞穴、奇树于一体，因峡谷内瀑布犹如一条青龙从悬崖落下而得名。青龙峡自然风光旖旎，柏树、柿树、枣树随处可见，风光美不胜收。有一棵长在石缝里的树，树干约有30公分粗，高8米多，树干挺拔，树冠茂密，展现出一种蓬勃向上的力量。树在没有土壤的石缝里顽强地生长着，随着树的根系生长，石头有明显被树根撑开的痕迹，我被树的力量所震撼。看来，凡事只要努力，顽石也会为生命让出通道。树的旁边还立了一块石碑，上书：石中树。天地之间，万物皆有灵，唯有敬畏和尊重才是生命的价值所在。游走在峡谷最窄处的一线天，抬头向上望去，山峰把天空遮挡得严严实实，此时的天空变成了一条湛蓝色的飘带。陡峭的山崖上开满了洁白的野韭菜花，微风吹过，野韭菜花香飘四溢，沁人心脾。

游完青龙峡后，我们回到大河村老王家吃午饭。此时，一锅香喷喷的手工猪肉豆角焖面正在灶台上等待着客人享用。我们围坐在苹果树下的石桌上准备吃午饭，这时，老王端来一盘猪头肉、一碗盐拌韭菜和一碟蒜泥。我们每人盛了一大碗，坐在凉爽的农家小院开始用餐。手工焖面做得不软不硬，猪肉肥而不腻，吃起来筋道，有一种儿时的味道。平时一碗饭就够了，这次我吃了两碗，心里还有馋意。这时老王说，再吃一碗。我说，行。

在盛饭时他给我盛了满满的一碗。这是我多年以来吃得最香也是最饱的一次。

大河村村民的经济收入以农家旅馆和农家乐为主，年轻人很少有在外面打工的，他们依托旅游产业，每年有着不菲的经济收入。行走在大河村，可见农户小院内梨子、苹果、石榴挂满枝头。我们走到一棵梨树下驻足，忍不住摘个梨子尝鲜，咬一口，甘冽甜蜜的梨汁迅速沁入心肺。

吃过午饭，我们商讨漂流的事。本来，来时4个同事说好一起漂流，这时老王和老杨说，他们以前已经在这里体验过了，这次就免了。这样就只有我和老张。老张沉稳心细，漂流的意愿强烈，铁了心要去。我看着湍急的河流心里有点忐忑，可碍于面子最后还是壮着胆子去了。

漂流的河道是人工修筑的，漂流的皮筏能坐4人，皮垫子充气后有一定的韧性，两边有两个供游人手拉的环带，用来保障游人的安全。我俩上了皮筏子后，工作人员喊："抓好，坐好了。"随着工作人员一声吆喝，皮筏子顺水快速往前漂，我本能地紧紧抓住两边的环带，心也一下子悬了起来，一种莫名的紧张感遍布全身。老张倒是显得安然自若。漂流几分钟下来，我的心情也慢慢放松下来。皮筏子在河里时而平稳时而湍急，漂流的人随着水势的缓急发出尖叫声，既好玩又刺激。

皮筏子顺流而下，遇到转弯处或落差大的地方，皮筏子就会撞击两边的岩壁，一时间水花四溅，衣服上、脸上会飞来大量水花。漂流到水面开阔处，水流放缓，皮筏子就需要借用人力前行。

此时，素不相识的游人会趁此打起水仗，欢乐的气氛瞬间点燃，笑声、欢呼声在河道上飘荡。正玩得尽兴时，漂流已至终点，让人意犹未尽……

从河道回到堤坝，野菊花和格桑花摇曳着身子，像对漂流的人群点赞。

大河村虽然地处深山，但赶上了好时代，在国家经济迅猛腾飞的大背景下，依托旅游资源，村民步入了小康生活，"中国梦"的伟大构想在这里已经有了一定的展现。已近傍晚，我们准备驱车回去，静静地回望着大河村的山水，心潮澎湃，心里有留恋、有期待——期待着下一次旧地重游！

- 2022 年 9 月 2 日发表于《鄂州周刊》
- 2022 年发表于《山东散文》

水库里的童趣

60

　　北漳沟村坐落在太行山脉的上党区，村庄像襁褓里的婴儿被群山环抱着。村庄从东到西呈"U"字形，村民的房屋从东到西随地势而建。

　　村子里有四条小河流，在村口汇聚成一条河流。村子北边有条河叫里沟，因沟深水流充足，20世纪70年代，村里响应国家号召大修水利，大队举全村之力，在里沟拦河建坝修建了水库。水库建好后，除满足农业灌溉和人畜饮水，它还成了孩子们玩耍的天堂。

　　春暖花开后，水库坝上，小草长势旺盛，草丛里有很多蚂蚱，我常和小伙伴们在水库边逮蚂蚱或到水库里抓小蝌蚪。坝上的花从春开到秋，时常引来蜜蜂和蝴蝶在花丛中翩翩起舞，水库风景美不胜收。

　　离我们村两公里的地方有一个更大的水库，水库里有鱼有虾，还有河蚌，水面上野鸭成群，水库边的芦苇密密麻麻，风一吹，芦苇在风中摇曳，此景非常迷人。由于水面开阔，水又深，我不

60

敢到深水里去，只是在浅处戏水。我在水库边一边玩一边从淤泥中摸河蚌，水库里漂浮的小树枝上布满了鱼产的卵，我想，捡起来可以放到我们村的小水库里，说不定那水库里今后就会有鱼了。我用塑料布包好河蚌和树枝上的鱼卵，回到村里后把它们放到水库里。第二年，奇迹出现，成群的小鱼在水库里畅游，我看到欢快的小鱼，想到这也属于自己的劳动成果，心里像喝了蜂蜜一样甜。

村里长大的孩子都很野，因为和大自然近距离接触，造就了他们不一样的个性，山是他们的运动场，山上的植物是他们的课外读物，水库是他们的游泳池。村里长大的孩子没有哪个不喜欢水的。有时，他们在水库边玩，会从地上捡小石头片比赛打水漂，有的小朋友能让石头在水里弹跳20多下，高超的打水漂技艺常常引来小伙伴们的喝彩。

我家门前有一盘碾子，碾子下面有条小溪，水流不大，记得有一年，我模仿修水库，用河沙把水拦了起来，然后在水里玩耍。一天下午，邻居婶婶在碾子上碾玉米，4岁的妹妹跟着婶婶在碾子旁玩耍时，一不小心从碾子旁边8米多高的崖上掉了下来，正好掉到我修的小水池里，妹妹安然无恙，大人虚惊一场。现在想起来还有点后怕，多亏当时我淘气爱玩，整了这么个小水池，不经意中救了妹妹。

在水库里学游泳，全靠自由发挥，没有章法，大家都一个姿势：狗刨式。狗刨式很累，游的距离也不长，老仰着头，双臂出力过大，坚持游的时间不会太长。小时候学的这种游泳习惯根深蒂固，到现在我都没有改掉这种习惯。水库就是孩子们的乐园，我们洗澡、打水仗、抓青蛙、捉蜻蜓。

冬天，水库的河床两边，会开一种神秘的小粉红花朵，它是一种珍贵的药材，学名叫"冬花"。冬季采冬花后晒干，可以到镇上的药材收购站卖掉换钱。童年，每年冬季，我都会采冬花，我的课外书都是用卖冬花的钱买的。

水库是小朋友们欢乐的天堂，他们在里面玩得忘乎所以。每个人的童年都有着一段美好回忆，乡村的水，还有那座水库，都是我人生中最值得回忆的。因为，那里承载了我童年的天真无邪和无忧无虑的欢乐。

- 2022 年 9 月 2 日发表于《鄂州周刊》
- 2022 年 9 月 3 日发表于加拿大《七天》报

思秋　悟秋

61

初秋时节，看到我们当地媒体的一篇新闻报道说，冬播谷子在某城举行开镰仪式。冬播谷子具有抗旱、抗寒、抗病等特性。并且冬播谷子成熟期处在高温高湿期的伏季和初秋，秕谷率低、结实性好、产量高、味道美。从图片中看到，从去年冬季一路走来的谷子，它们低着沉甸甸的头，金黄色的谷穗显得硕大而饱满，很难发现有抬着头的秕谷。它们好像思考着从冬到秋一路走过的艰辛道路。看到这篇报道，心里感觉很欣慰。

秋天是一个多彩的世界，黄的、红的、绿的，每一株庄稼、每一棵树、每一片树叶都有它们的故事。红色的枫叶，黄色的银杏叶，像风姿绰约的少妇，端庄大方，在风的簇拥下，晃动着优雅的身姿，向人们展现着这美好的时光。走过四季的谷子像一位知天知地的长者，显得厚重沉稳。

四季轮回永恒不变，但是，四季里会有新的故事在续写，还会有新的传奇在上演。冬天悄悄孕育着春的烂漫，春天是夏天的前奏，夏天以奋斗者的姿态向着秋天出发。待到秋收时，天地之

思秋　悟秋　159

间除了幸福就是喜悦。你看，田地里弯腰收割的庄稼人挥汗如雨，在厚重、肥沃的土地上尽情地挥舞着镰刀，把丰收的粮食和喜悦一同装进粮仓。

秋天的绿色，已经失去了往日的生机，有的绿叶已被秋霜染成了红色和黄色。有人比喻秋天是上帝打翻了颜料盒，这样的比喻一点也不夸张。秋日里，有美景，有美食。当夕阳西下，此时的你，静静地坐在院内，吹着秋风，听着树叶的沙沙声，仰望星空，去回味那曾经的岁月，你会发现，风风雨雨走过的，不只有岁月，还有生活的艰辛和对人生的感悟，就会明白，岁月不曾辜负过任何一个努力过的人。星光做证，一个懵懂无知的人，只要勤奋、拼搏，时光老人都会给他留下成长的痕迹和岁月的印记。树叶终将归根，每一片落叶都是秋天送来的祝福，飘飘洒洒的落叶，是那样洒脱。此刻，我坐在凳子上，思绪在飘荡，不知不觉中，我已步入四季轮回的场景里。

一个人对于大自然，是多么渺小。唯有尊重自然，我们的生命才会绽放出更多的光彩。大自然之美是天地之造化，因为，无数生灵在它的怀抱里才有了生机和活力。尽管大自然用包容的姿态滋养着万物，可是，无节制的贪婪之心却无时无刻不在伤害它的躯体。

在有着绵绵秋雨的一个下午，几个好友相约，来到市郊体验乡村的秋天。此时，轻轻的风，蒙蒙的雨，茂盛的树木，在花草的衬托下，如诗如画。秋收时节，天气凉爽宜人，万物透着一股疏朗之气。行走在湿漉漉的石板路上，我们仿佛走到了江南水乡，清新的空气让我们感到浑身舒爽。避开城市的喧嚣，来到秋天的东掌村体验乡村的美景和农耕文化的传承，是一件很幸福的事。

　　秋天注定是一个丰富多彩、硕果累累的季节。愿人生如秋水般清澈，水天一色，与天地共长久。人生不只有眼前的苟且，还有大自然的美景。我们已经步入秋天，那就尽情享受大自然给我们带来的美景吧！愿朋友们在秋意渐浓的季节里，有幸福、有收获……

- 2022 年 9 月 28 日发表于《荆州晚报》
- 2022 年 12 月 29 日发表于《邯郸日报》

每一片落叶都有故事

　　树在秋风中晃动着身体，树枝和树叶舞动着优美的身姿。突然，片片树叶被风吹得脱离了大树的怀抱。树叶像舞者，在空中盘旋着，脱落的树叶就像一只翩翩起舞的蝴蝶，在空中划出一道道弧线，最后以优美的姿态飘飘洒洒地落在地上。走过春夏秋，在冬天将要到来的时候，树叶以这种洒脱的方式结束了生命。即使在生命的尽头，也要把最美的一面展现给这个世界，不留任何遗憾潇洒离去。

　　飘落在地上的叶子，静静地躺在那里，像一位时光老人，思考着一路走过的岁月。春日里，春风唤醒了沉睡的枝丫，树上的幼芽竞相舒展，它们犹如襁褓里的婴儿，娇嫩但充满了生命活力。鸟儿陪伴在它们身边，叽叽喳喳欣喜地盼着它们快快长大，好一起玩耍，一起在大好时光中成长。夏日里，树叶已长出自己的模样，披着浓郁的墨绿色外衣，显得风姿绰约。鸟儿和知了也在树上安家落户，陪在它们身旁欢快地品味着大自然给生命带来的奔放和喜悦。路过的行人，在炎炎夏日也会在树下停下脚步，享受片刻清凉。秋日里，树叶选择了潇洒离去，是多么洒脱，多么富有诗意。即使到了生命尽头，依然没有丝毫悲伤。

秋天的叶子，已褪去了夏日的青翠和油亮。被秋霜染过的叶面，或红或黄，没有经历过风霜洗礼的树叶，怎能有如此耀眼的颜色来展现给这个世界？这是饱经风霜后特有的颜色。

尊重自然，就是对生命最好的尊重，也是对自己的尊重。红色的叶子，红得绚丽，张扬却不失低调，自信中带有谦和。这是一种浪漫和骄傲的红，它用这比火焰还鲜艳的色彩，吸引着城里人来欣赏它的风姿，在风中微笑着展现出自己最美好的一面。

俗话说："树高千丈，叶落归根。"年年秋露寒意至，冷风萧萧，枝枝叶叶，总在演绎着一场最美离别。当无情的秋风吹过，秋叶用一颗豁达的心，坦然面对当下，纷纷以最佳姿态飘落，虽然带着许多不舍和留恋，但还是选择了那份随遇而安的从容。

跟着季节删繁就简，安然生活，怀着一颗平静的心，寻找一份秋日的安静。凝眸秋色，才发现人生就像一场繁华与凋零的过程，生命就是一片树叶，生长、舒展，然后落下，一生匆匆而过。

秋日里，去看一片落叶，看着那清晰的叶脉，如同看到了生命的走向。凝望秋风中落下的每一片落叶，仿佛懂得了繁华后的那份沉静。

泰戈尔说过："生如夏花之绚烂，死如秋叶之静美。"一生一死，两种不同的状态。人生何尝不是像树叶一样演绎着浮华一梦。

- 2022 年 11 月 19 日发表于《黔南日报》
- 2022 年 11 月 21 日发表于加拿大《七天》报
- 2022 年 11 月 23 日发表于《东莞日报》
- 2022 年 11 月 24 日发表于菲律宾《商报》
- 2022 年 11 月 25 日发表于《祥云时讯》
- 2022 年 11 月 30 日发表于《南京大学报》
- 2022 年 12 月 20 日发表于《池州日报》
- 2023 年 1 月 29 日发表于《中国散文学会》公众号

为冬天代言

冬天，大地一片萧条，寒冷的天气让人们少了许多户外运动。湛蓝的天空显得空灵，广袤的大地上，冬眠的小动物早已悄悄藏了起来。河水开始冰封，土地披上了厚厚的铠甲，只有北风在肆无忌惮地吼着。

冬天，是四季中最缺少生机的季节，让人们感觉到天地间无边无际的荒凉。夏天那些开过花的植物，此时也只剩下了枯枝烂叶，不再有往日的娇艳，不再有往日的神气，它们那仅剩下的矮小的枝，在寒风中倔强地和大自然抗争着。

冬天，也没有人们想象中那么悲凉。如果我是一名画家，我一定会用心为冬天绘出生命顽强不屈的色彩，把冬天特有的神奇和灵动展现给世界。我把和冬天相遇的惊喜，用水墨丹青的色彩来表达。我把冬天的每一个细微变化，用画笔勾勒出来。我要画一株枯草，挺着身躯在寒风中傲立。我要画一棵树，在狂风暴雪中依然屹立。我要画一枝梅花，在寒风呼啸、万里冰封中顶雪开放，它傲视群芳，越是风欺雪压，花儿绽放得越是鲜艳灿烂。我的画随着严寒逐渐推进，越发精彩纷呈。不过我知道，再高明的画家也比不上大自然的鬼斧神工。不经意间，一幅幅冬天的图画就出来了，那都是大自然神奇的杰作。

柳宗元在《江雪》中这样描写冬天："千山鸟飞绝，万径人踪灭。孤舟蓑笠翁，独钓寒江雪。"鸟已飞尽，路上无人迹，世界少了往日的喧闹。此时，一只小船，一个穿着蓑衣、戴着斗笠的老渔翁，在寒冷的江上垂钓，不知是钓鱼，还是钓一江风雪。孤寂的环境，孤高的老渔翁，在最寒冷的季节里却傲然挺立，透着倔强的风骨和顽强的精神。

冬天的美，不是张扬，它更像一幅简洁的小画，寥寥几笔，却意味无穷。它唤醒人们曾经拥有过的那份挚爱，让人多了几分豁达，多了几分对生命的尊重。天气越是寒冷，人们越是在追寻那朴实的爱与暖，生命也将变得更加坚强无畏。

汪曾祺笔下的冬天，雪花纷纷扬扬，优雅曼妙，轻盈落地，无声无息，使人像进入了一幅浓淡相宜的水墨丹青画。他在《葡萄月令》中描写了葡萄十二个月的生长过程，其中开头和结尾都写了雪。"一月，下大雪。雪静静地下着。果园一片白。听不到一点声音。葡萄睡在铺着白雪的窖里。""十一月下旬，十二月上旬……下雪了。我们踏着碎玻璃碴似的雪，检查葡萄窖，扛着铁锹。"寒冬到了，当白雪飘飘覆盖一切的时候，果园转眼间已经铺琼砌玉，展现出分外迷人的姿态。在《冬天》里，汪曾祺又写道："早起一睁眼，窗户纸上亮晃晃的，下雪了！雪天，到后园去折腊梅花、天竺果。明黄色的腊梅、鲜红的天竺果，白雪，生意盎然。"故乡的冬天在飞雪中静默着，飘了一夜的雪，像赶赴一场浪漫的聚会。我们打开门，便惊喜于雪花在风中翻飞、摇曳。走在洁白的雪地上，我们仿佛来到一个恬静安宁的世界，后园的梅花也正灼灼吐蕊，暗香幽幽，悄然送来暗香浮动的春意，万物都笼罩在冰清玉洁之中，透出深远、淡泊、旷达与睿智。汪老的文字，读后令人安静、舒心。

冬天，爱人喜欢在阳台用花盆种花种菜，蜀葵、水仙、蒜苗、韭菜、小白菜……冬天的阳台依然生机勃勃，水灵的蔬菜长势喜人，它们整整齐齐排列着，随时等待检阅。爱人把阳台上的植物当成了冬天邀请来的朋友，对它们倍加关爱。阳台青翠欲滴的植物是妻子亲手绘制的一幅画，她的画比我的画要美很多倍。生活总是不缺乏美，而是缺乏发现美的眼睛。

- 2022 年 11 月 25 日发表于《劳动时报》
- 2022 年 12 月 1 日发表于《鹰潭日报》
- 2022 年 12 月 5 日发表于《书法报》
- 2022 年 12 月 24 日发表于加拿大《七天》报

64

雪后的村庄

　　丰收的粮食归仓，秋天缓缓落下帷幕，庄稼人的农具也随着季节的更替静静地等待着冬天的到来。冬天，大地静谧萧瑟。第一场雪像蝴蝶一样用轻盈的步子悄悄来到村子，村庄顿时被皑皑白雪包裹了，白色的屋顶，白色的树，一切构成了白色王国，神秘而朦胧。

　　此时的村庄景色变得有内涵，有风情，更有诗意。村庄像穿越到了远古时代，又似大师笔下的山水墨画。那些山梁沟壑变成了雪的海洋，从农家烟囱里飘出的袅袅炊烟，让雪后的村庄在动与静中多了几分灵动和韵律。

　　村里的孩子们像自由的小鸟，不约而同跑到了屋外，在路上或晒场，欢天喜地地聚在一起打雪仗、堆雪人，不知疲倦尽情地玩着，小手和脸被冻得红扑扑的也不想回家。他们把雪揉成雪球，随时向没有准备的人群扔过去，炮弹似的雪球飞快地打在对方身上，你追我赶到处充满了欢声笑语。他们没有一点倦意，尽情玩耍着。

　　老屋内，女人们总有做不完的针线活，但她们家长里短的话比手里的线还长。冬闲的汉子坐在炕头，嘴里抽着烟，一把锡壶灌满了温好的烈酒，就着一小碟花生米，抿上一口小酒，辣得浑身上下精神劲儿十足。蛮荒的山、落叶的树、小桥、碾盘、房顶，无论你的视角落向哪里，都会迷恋上这童话般的世界。

在山上看到动物留下的串串脚印，像五线谱，奏响了生命的旋律。野外小动物们也在大自然中寻找着快乐，它们用小脚做画笔，在抒写生命意义的同时也不忘展示自己的才艺。山鸡留下一串串竹叶的脚印，时有时无；野兔的脚印如蒲公英散落；羚羊的脚印可以让人感受到它在雪地里奔跑的速度。孩子们在雪中"咯吱咯吱"的行走声悦耳动听。

雪后的村庄，是孩子们快乐的天堂。冬天，寒冷的记忆会被慢慢淡忘，但是雪天疯玩的快乐却刻在了记忆深处。

我喜欢雪后的村庄。不，雪后的村庄更喜欢我。听，那呼啸的北风是村庄向我发出的邀请。冬天，漫步在大雪后的村庄里，站在老屋斑驳的门前，当童年记忆的密码打开，村庄的一切是如此清晰可见。怪不得人们常说，村庄是每一个游子心里最神圣的殿堂和温馨的心灵驿站。

- 2022 年 12 月 7 日发表于《夔门报》
- 2022 年 12 月 8 日发表于《珠江时报》
- 2023 年 1 月 10 日发表于《池州日报》
- 2023 年 2 月 8 日发表于《黄山日报》

冬寒红薯香

  我的老家属丘陵地区，山地和沙土地较多，梯田层层叠叠，像一幅大气磅礴的田园风景画。村子里，农家小院错落有致，从厨房飘出的袅袅炊烟，伴着牛的叫声和鸡的叫声，整个村庄显得很有意境。

  每到秋收季节，庄稼人会把收回的农作物打理得井井有条，院子里不但有丰收的粮食，还有庄稼人的笑声。俗话说："霜降一过百草枯，薯类收藏莫迟误。"霜降时节一过，庄稼人就忙着收回地里长着的红薯。他们扛着锄头，挑着箩筐，全家出动。先将红薯藤割掉，然后挥动锄头在裸露的田垄上刨，一串串红薯便被刨了出来，用箩筐一担一担挑回家，堆放在一起，像一座小山似的。

  刚挖出来的红薯还带着泥土的气息，它们个头儿匀称，表皮紫红色，特别诱人。此时，庄稼人的灶台上，有烤红薯，还有煮红薯，甘甜的红薯象征着庄稼人日子红火甜美。

  冬藏红薯是庄稼人的头等大事，也是冬藏的"重头戏"。入冬后，菜窖就派上了用场，红薯最怕冻，因此，几乎家家都挖了菜窖，菜窖里温度适宜，红薯最适合在这里过冬。

那时我每天放学回到家，第一件事就是奔到厨房灶台，揭开锅，锅里有母亲早已蒸熟的红薯，于是拿出几个，跑到院子里席地而坐就开吃了。

小时候，巧手的母亲还会用红薯做出很多种美食：喷香绵软的红薯粥、香甜酥脆的红薯饼、软糯的红薯糕，还有红薯面条……简直就是百变红薯宴。

冬藏红薯颇为讲究，也是庄稼人重要的农活，更是一个技术活。冬天，一旦寒气跑到地窖里，红薯受冻，很快便会坏掉，所以冬藏红薯要小心。从冬藏中能感受到劳作的辛酸和不易，更能感受到庄稼人的勤劳、善良、憨厚、质朴。寒冬虽冷，但庄稼人对生活的热爱和向往，如一股股暖流，温暖着他们的生活。冬天，从菜窖里取出一些红薯，烤在火炉上，红薯散发出的香甜会使我们情不自禁地吞口水，那个馋不用提了。

参加工作后，我恋上了街头的烤红薯。每到冬日，北风呼啸的街上多了几分寒意，看到街头一个老汉推着一个大铁桶在卖烤红薯，红薯的香味飘来，馋虫马上就会来到嘴里，于是买上一个，拿在手里，顿时一股暖意从手里流向身体，平添了几分温暖，那甜美滋味就不必多说了。

红薯有补虚乏、益气力、健脾胃、强肾阴的功效。据老人讲，红薯养人，小孩多吃有益。红薯是一种富含淀粉、蛋白质和糖，营养丰富、味道甜美的食物。在寒冷的冬天，走在街头，买一个热乎乎、香喷喷的烤红薯，拿在手里，吃上一口感觉好幸福。

老舍先生在《骆驼祥子》里说，饿得跟瘪臭虫似的、祥子一样的穷人和瘦得出了棱的狗，爱在卖烤白薯的挑子旁边转悠，为的是吃点儿皮和须子。这是饥馑年代的写实。如今人们吃烤白薯也好，烤红薯也罢，图的是一种情怀，热乎乎的，既暖了手，更暖了胃，还能勾起儿时美好的记忆。

· 2022 年 12 月 15 日发表于《荆州日报》
· 2022 年 12 月 29 日发表于《邯郸日报》

糖糕的记忆

　　记忆中，糖糕是我儿时最喜欢的食物之一。小时候，只有庙会上才能吃到。当地的庙会，不但农产品丰富，还是小吃大集会。大人们外出赶集，带回来犒赏小孩子的大多是糖糕、油条和水煎包，买这些食物也是为了给家人解馋。

　　在那个物质条件极度匮乏的年代，每个人肚子里都缺乏油水，糖糕皮香馅甜，吃起来香甜可口，是不可多得的好东西。有时，我跟着大人去赶会，路过卖糖糕的小吃摊，我会停下来不愿意挪动脚步，因为我喜欢看面食师傅制作糖糕。只见师傅手里拿一小面团，用手指几下就捏成了一块圆饼，然后，用小勺把红糖放里面，两手一合，圆饼变得圆圆鼓鼓的，师傅顺势放油锅里炸，糖糕在油锅里翻滚一会儿，待变成焦黄色，师傅就会用漏勺把炸好的糖糕捞出放到盆里等待出售。在这里，闻着油锅飘出的香味，看着师傅娴熟的手艺，我心里常常会冒出这样的念头：如果我将来也能当上做糖糕的师傅该有多好！

　　我记得，那时还听邻居讲过一个关于"糖糕烧后背"的故事。

说是在夏天的一次庙会上，一个穿着背心的小男孩，在糖糕摊位买了一个刚出锅的糖糕，小男孩拿着烫手的糖糕迫不及待咬了一口，没想到，糖糕里的糖顺着手流到手臂上。小男孩看着流到手臂上的糖很可惜，就用舌头去舔食，没想到，糖糕里的糖顺势全部流到了后背，小男孩的后背因此被烫伤了。这个故事虽无从考证，却足以说明糖糕对小孩子的诱惑非同一般。

多年以后的今天，生活条件好了，想吃糖糕随时可以到街上去买，但妻子也不让我多吃，说它是油炸食品而且高糖，吃多了对身体不好。话虽这样说，但她自己却跟着做厨师的弟弟学会了做糖糕的手艺，每隔一段时间就会在家里做上一次让我解解馋。

现在，很多单位食堂为丰富职工餐饮，会让面食师傅每周炸点糖糕。炸糖糕选面粉很重要，和面要用烫水，用多少度的水只有面点师傅自己知道，所以说，炸糖糕还是一个技术活。

炸糖糕，先把面粉盛在面盆里，再用开水烫面，准备好面板、油、红糖、平底锅和炸糖糕专用的筷子。把面板用清水洗干净，最重要的是要把手洗干净。烫面醒20分钟后，不烫手的时候用手蘸上油，让面不再那么粘手，再把面团压成扁扁的圆形面饼，用食指把面饼做成像窝窝头一样的形状，往里面放糖，然后轻轻地把面口压紧，以防炸的时候糖流出来，这样一个糖糕就包好了。

下一步开始油炸，先把油倒入平底锅，待油烧热后把包好的糖糕放入锅中，用筷子翻一下，等贴着锅底的一面炸得金黄时，再用筷子翻一下，就这样翻上两次等糖糕鼓鼓的时候就可以出锅了。糖糕不仅有油炸所激发的香味，而且口感软糯，实属美味。

糖糕是童年时美好的记忆，让人留恋和喜爱。多年后再吃糖糕，吃出的不仅是追忆过去的情怀，也包含着妻子对我的关怀，从那年到今日，又多了一种温情的味道。

· 2022 年 12 月 18 日发表于《番禺日报》

　　随着城市化进程的发展，农村人口向城市转移速度加快。城市化进程推动市场繁荣的背后，是农村人口减少，村庄变得冷清起来。很多村庄已成空壳，很多老屋因长时间无人居住加上年久失修，已失去居住条件，很是令人惋惜。

　　房子是人们生产、生活的载体。现在很多人已回不到过去的老屋，留下的只有记忆了。老屋是人们的栖身之地，它见证了这个家庭中每个人的成长过程。

　　小时候，我是在窑洞里长大的。窑洞建造简易方便，冬暖夏凉，对于经济条件差的家庭很是经济实用。窑洞从原始穴居发展而来，有着悠远的历史渊源和浓厚的文化积淀。《周易·系辞下》载："上古穴居而野处"，《博物志》云："南越巢居，北朔穴居，避寒暑也"。山西厚实的黄土层为人们开凿窑洞提供了天然优势，它源于自然，融于自然，可以说是"天人合一"的成功范例。在黄土崖下找一个宽阔一点的地面就可以挖几孔窑洞居住，黄土崖接纳了选择它的人，人也选择了窑洞里的生活。窑洞是黄土地历史上民居文化的重要构成，同时也承载着浓郁的乡土文化，是人类民居文明发展的活化石。

窑洞里装满了我的童年岁月。窑洞设施简陋，土炕、土灶台、几件简易的木制家具就是全部家当。窑洞里的一切都是简简单单，简单的生活，简单的人，他们日出而作，日落而归。孩子们天真无邪，在大自然中无拘无束尽情疯玩。窑洞夏天虽然凉爽，但也很潮湿。记得我在十岁那年的夏天，因窑洞潮湿，腿部、胳膊关节处生了很多黄水疮，身上痒得难受，用了许多土办法也不见好转。后来听说邻居家的一个小姐姐得了和我一样的病，医生给她开了一种叫"黑豆油"的药膏，抹了一星期就好了。我母亲去邻居家把剩下的半支拿回来给我用，抹了两天就结痂了，困扰我多时的病不到一星期就好了。我在窑洞里一直生活到十五岁，后来，家庭经济条件好转后，盖了砖瓦房，我们一家才从窑洞搬出来。

雨果说：建筑是用石头写成的史书。那在土崖下挖出的窑洞同样是一本厚重的书，窑洞窗户就是历史的眼睛，它用独特的视角观望着人世间的冷暖和沧桑变化。窑洞窗户的窗花是主人用民间艺术剪出的美好寓意，一幅好窗花背后一定有一个会打理家务的巧女人。

在外的游子对窑洞有着不一样的思乡情结。无论身处何处，总有牵挂在心头，夜里不知多少次梦回窑洞。当时间的记忆一次次被打开，童年的生活也愈加清晰。现在，我虽然居住在繁华都市的高楼大厦里，却再也体会不到儿时窑洞的那种温情。窑洞给了我太多的思念，那些曾经的生活印迹永远留在了我的记忆深处。

· 2022 年 12 月 24 日发表于加拿大《七天》报

古今夜市

在快节奏的今天，年轻人白天忙工作，晚上是他们最佳的休闲娱乐时光。夜市里，一家小店一种味道，每一个摊位都有自己的特色。霓虹灯下，游人如织，香气四溢的美味小吃让城市的夜生活充满现代气息。油条、馅饼、氽汤、章鱼小丸子、烤串、臭豆腐、生蚝、鸭肠、卤鸭头、鹅掌……这些夜市里最活跃的小吃，总会让你食欲倍增。

夜市有着很长的历史。最早明确记载夜市的文献是东汉《新论·离事》："扶风漆县之邠亭，部言本太王所处，其民有会日，以相与夜市，如不为期，则有重灾咎。"这里的"夜市"就是夜间集市贸易。《说文解字》中也有关于邠亭夜市的记载，"邠"字解曰："美阳亭，即豳也。民俗以夜市……"一个"俗"字，说明邠地的夜市已成传统，由来已久。

唐朝的夜市有多热闹？唐代诗人王建曾在《夜看扬州市》中写道："夜市千灯照碧云，高楼红袖客纷纷，如今不似时平日，犹自笙歌彻晓闻。"杜荀鹤也在《送人游吴》中写道："夜市卖菱藕，春船载绮罗。"可见，在有宵禁制度的唐朝，夜市已经相当繁荣了。

南宋吴自牧的《梦粱录》记载："杭城大街，买卖昼夜不绝，夜交三四鼓，游人始稀；五鼓钟鸣，卖早市者又开店矣。"首都以外的一些城市同样是夜市喧嚣，勾栏瓦肆、饭店酒楼通宵达旦。耐得翁在《都城纪胜》中称，临安夜市"与日间无异……直到四鼓后方静，而五鼓朝马将动，其有趁卖早市者，复起开张。无论四时皆然"。

经元代的低迷之后，明、清夜市得到一定恢复。翟宗吉描写明朝杭州夜市："销金小伞揭高标，红藕青梅满担挑。依旧承平风景在，街头吹彻卖饧箫。"明人田汝成在《西湖游览志》中也盛赞杭州夜市："篝灯交易，识辨银钱真伪，纤毫莫欺。"明人高得旸的《北关夜市》描绘杭州夜市更为具体："北城晚集市如林，上国流传直至今。青苎受风摇月影，绛纱笼火照春阴。楼前饮伴联游袂，湖上归人散醉襟。阛阓喧阗如昼日，禁钟未动夜将深"。

清朝初年，受战乱影响，夜市萧条，直至康熙年间，经济开始恢复，夜市也逐渐复苏。清代的夜市可视为明代夜市的继续。夜市作为商品经济发展到一定程度的产物，虽然囿于中国古代重农轻商的传统思想和夜市难以管理的缺点，其发展过程历尽曲折，但它毋庸置疑地代表着时代的进步。

现在，夜市消费逐步成为经济发展不可缺少的一部分。政府鼓励城市主要商圈和特色商业街与文化、旅游、休闲等紧密结合，点亮夜经济，扩大消费。

长治市城隍庙夜市就在我家楼下，我喜欢和家人到夜市上转转，夜市有景色还有美味，令人流连忘返。城隍庙广场还被评为首批省级夜经济生活集聚区。每至傍晚，小吃、特色水果、饰品百货等纷纷被摆上摊位，各式美食香味四溢，特色商品琳琅满目，街巷人潮涌动，沿街商铺的叫卖声、音乐声、孩子们的欢笑声……让这座城市充满了烟火气。

- 2022 年 12 月 27 日发表于《国防时报》
- 2023 年 6 月 29 日发表于《山西晚报》

《平居村志》——古老村庄的文明史

山西历史悠久，有着灿烂的地域文化，山西的地上文物数量排名全国第一，"五千年文明看山西"是对山西历史地位的精辟概括。表里山河的山西，大部分地上文物散落在山西的村庄里。山西由于地形的复杂、气候的差异，天然形成了抵御自然灾害的优势。勤劳的三晋儿女，在盆地、在丘陵，耕耘着属于他们自己的幸福生活。

出于对文字的喜爱，我也痴迷于对山西的古建筑、地方志和山西地方文化的探究。一次偶然的机会，我获得了一本《平居村志》，当拿到这本村志的时候，我被那精美的设计深深吸引了。这本沉甸甸的村志典雅、厚重，一种力量驱使我要去深入了解它。品读村志，如临其境，如历其事，从中触摸到中华农耕文明亘古不变的根脉。

平居村位于晋城市陵川县杨村镇。翻开《平居村志》，一部沧桑的农耕文明史呈现在我眼前，平居村从古到今沧海桑田般的巨变令人感叹。村志共十七章，内容包括地理环境、村庄建设、文物古迹、民俗风情、口传文学等，可谓包罗万象，是一本村庄的百科全书，堪称农耕文明的缩影。

《平居村志》不但是对村庄历史的叙述，也是对中华文明的传承。村志记载了亿万年前地理结构的形成和新旧石器时期人类在这里活动的迹象，详述了平居村从各个朝代到中华人民共和国成立后的巨变。这里有南梁天监年间修建的华严寺，距今有1500多年历史；有清乾隆三十八年（1773年）重修的玉皇观（该建筑可能是元朝后期所建，有待专家考证）；还有阎王殿、山神庙、关帝庙、牛神庙、藏兵洞、石刻、木雕和门匾题刻等珍贵文物。细细品读，尘封的历史如在眼前，令人惊叹。令人肃然起敬，因为这是一个有着厚重历史文化的古村落。

现在村里保留传承着许多民间非物质传统文化，如骡驮抬歌、高跷舞龙、跑旱船、八音会等。村里还自发组建了平居村民生剧团，自编自导积极向上的文艺节目，可以与县里的专业剧团相媲美。平居村保留的民间小调《送情郎》《十二个月》《五更调》等曲谱至今仍保留着工尺谱。工尺谱是中国汉族传统记谱法之一，源自中国唐朝时期，后传至日本、越南等汉字文化圈地区，在中国古代与近代的歌曲、曲艺、戏曲、器乐中应用广泛。在文化多元化的今天，工尺谱堪称音乐发展史上的活化石，平居村工尺谱能够保留至今，实属难得。

一段文字叙述着一个故事，平居村的每一个故事都是一部催人向上的奋进史。平居村悠久的历史、肥沃的土地，孕育出了极具地方特色的民俗文化。优美的碑刻字画、古老的民俗风情、有趣的传奇故事、动听的民间歌谣、多姿多彩的民间手工艺、诙谐的平居笑话、富含哲理的谚语……无不体现出平居村人乐观向上的人生大智慧。千百年来，平居村人始终以"崇教守信，聪慧勤勉，踏实平和，安居乐业"为人生坐标。

让平居村人感到自豪和荣耀的是，2016年12月，经过层层筛选，平居村被评选为第四批中国传统村落名录。岁月悠悠，日月轮转，一代代平居村人用勤劳和智慧守护了脚下的这片热土。

编辑一部村志，是为了记录历史、传承文化。诚如《平居村志》编委副主任王建强所说的那样："平居村的文化传承得为什么那么好？平居村人是从哪里来的？……这些问题曾困扰我多年，一直没有找到答案。考世系，知始终。如果能把这些问题搞清楚，既知道了平居村的历史，又可昭示平居村的未来，该有多好！"现在《平居村志》编纂委员会和专家通过严谨考证，用时近三年，终于完成了平居村人多年的夙愿。

- 2022 年 12 月发表于《青年文学家》
- 2023 年 7 月 6 日发表于《邯郸日报》

作家，请用您的笔为生态文明倾情

生态环境不仅关系到地球生物的多样性，对人类文化、经济、社会、生态的可持续发展也有着深远的影响。因此，生态环境保护工作不是某一个集团、某一个人的事，而是需要全人类共同关注、共同努力去完成的一件大事。当下，生态环境的破坏，为作家赋予了更多的使命感。生态文学的出现，不应只是为了繁荣文学，更应使文艺作品成为向自然生态圈预警和引领生态健康发展的风向标。

生态文学的繁荣，让作家扛起了尊重自然、保护自然的大旗。作家要用自己手中的笔热情洋溢地去抒写大自然的美，要不惜笔墨地去谱写人与自然和谐共生的辉煌篇章，要让人们感悟到大自然对人类的无私恩赐。我们不是地球的救世主，不能用主观意愿去主宰大自然，更不能居高临下地把自己称为大自然的主人，而是要用一颗虔诚之心去尊重她、呵护她，始终用一颗感恩的心去面对地球上的所有生灵，包括脚下生养我们的这片热土。

在浩瀚的宇宙中，地球显得那么渺小，而人类生长在地球上与其他的生命一样都有共同生存的权利和价值，这是在生命长河里孕育出的共生共存的生物链。不同的是，人类的智商要高于其他物种，这种高智商应用于把生态环境的秩序维护好，大力弘扬生态文明，大力发展生命科学，同大自然和谐相处，只有这样，生态文学才会在作家笔下于人类文明的长河中熠熠生辉。

全球变暖，生态遭到人为破坏，地球母亲已不堪重负，自然生态圈从来没有如此脆弱过。

此时，作家就要拿起手中的笔呼吁全人类共同关注我们的家园，爱护她、保护她，让生态文学成为主流文学。生态文学不但是暖色文学、人文情感文学，还应该是警醒文学，让人能够在欣赏文学作品的同时感受到破坏生态所带来的切肤之痛。

蕾切尔·卡森在《寂静的春天》中说：这是一个专家的时代，每个人只看到自己的问题，而意识不到或者不愿意把它放在更加宏观的层面。这也是一个工业主宰一切的时代，为了赚钱不计代价的风气盛行。当人们抓住一些杀虫剂造成破坏的确凿证据而起来抗议时，政府就会给他们喂下镇定药丸，成分是一半真相一半谎言。我们迫切需要结束这份虚假的承诺，不要再为丑恶的事实包裹糖衣。灭虫人员所造成的危害正由公众承担。只有在了解到事实的真相之后，人们才能而且必须做出决定是否沿着这条路走下去。

自然生态写作是多种多样的，也在寻求新的突破，但非虚构写作对真实的诉求、强烈的问题意识、田野调查的方法，会对未来中国的自然生态写作提供借鉴和支持。

近年来，在生态文学作品中，作家饱蘸笔墨，用多样化笔触、丰富立体的情感，书写良性生态环境带给人们生活品质和精神面貌上的变化。

葛水平在她的生态散文《自然写作是文学的一种修养》的结尾进行了这样的描述："草原上散发着古老的传统的时间之谜，蒙古人的子孙因为草原的养育个个遗传了一种优雅的品质，这都是自然的气息与颜色注入他们生命体内的大爱显现。我站在正蓝旗上都湖千年不变的湖岸上，依旧是千年的风，千年凄迷的天光，千年口音未变的鸟鸣在我的头顶掠过，四野寂静，我坐下来，自然与人的关系，总是人伤害自然太多。我不希望自然写作是形而上的，当然更不应该是形而下的，自然写作更应该是文学的一种素养，是把自然与人为思考结合起来的写作，是对人类欲望无边的深刻检讨。"

艾平的中篇小说《包·哈斯三回科右中旗》，从一位老牧民寻访数十年前失散亲人的经历出发，通过老牧民在不同牧区的切身感受，呈现了当前经济政策在保护草原生态、提高牧民生活水平方面的积极作用。

此外，鲍尔吉·原野的散文《流水似的走马》、李娟的散文《遥远的向日葵地》，语言生动幽默，生态场景描写细腻扎实，整体格调明朗清新，营造出草原清晨般的氛围。梁衡的散文《树梢上的中国》、蒋蓝的散文《豹典》、徐刚的报告文学《大森林》等作品，串联整合生物学、生态学、地质学、历史学、地理学等领域知识，思考深入，笔调厚重，带给读者沉稳绵密、回味无穷的感受。

生态文学创作整体上呈现向好发展态势。要创作出好的生态文学作品，就要到大自然中去，到群众生活的最底层去，到工厂、矿区，到不为人知的地方去，用自己的体温去感受不同环境带来的温度，所到之处也许是火热的，也许是冰凉的，只有亲身体会才有发言权，才能写出有温度、有情感的生态作品。

生态文学创作要围绕生态文明这条主线下功夫，要站在全球的高度去思考我们当下所面临的现状，用尊重自然、顺应自然、保护自然、讴歌自然的理念和大自然对话。用真情、行动和努力进行文学作品的叙事，以文学方式记录时代发展的艰辛历程，用文艺作品引导绿色低碳消费，在阅读生态文学作品中唤醒人们对环境保护的热情，使每一个人都能感悟到地球因为有你有我的呵护才变得更加美丽。

梭罗是19世纪美国文学界一名超验主义作家，他崇尚自然、敬畏自然，是一位自然主义者，他的《瓦尔登湖》被公认为是捍卫生态文明的代表作品。在《瓦尔登湖》中，梭罗向读者表达了对人类社会深深的忧虑：大多数人，在我看来，并不关爱自然。只要可以生存，他们会为了一杯朗姆酒出卖他们所享有的那一份自然之美。感谢上帝，人们还无法飞翔，因而也就无法像糟蹋大地一样糟蹋天空，在天空那一端我们暂时是安全的。

可喜的是，今天的人们，已经意识到了这种忧虑，并开启了改变这种状况的历程。作为生态文学作家，更应该参与到这场伟大的改变之中，为人类社会的美好明天贡献自己的一份力量。

- 2023 年 2 月 3 日发表于《鄂州周刊》
- 2023 年 2 月 14 日发表于《山西市场导报》

71 芥菜的情怀

　　每年秋天，妻子总会从菜市场买回几十斤芥菜，用于沤酸菜和腌制咸菜。芥菜缨子和芥菜疙瘩分别收拾干净，准备下一道工序。芥菜缨子通体碧绿，颜色很好看，沤酸菜口感非常好。芥菜疙瘩用老陈醋腌制，早中晚吃几片，能增加食欲，还解馋。在农村老家，人们常说："家有芥菜缸，年年都健康。"意思是说，在冬天，吃了芥菜，来年都很少生病。

　　芥菜在众多蔬食之中并不起眼，它好种植，不需要太多的呵护就能长出你想要的样子。沤酸菜的第二道工序就是切菜，把芥菜缨子切成两厘米左右宽的长条形。然后烧一锅开水，将切好的芥菜在开水里面煮，煮到七八成熟的时候将菜捞出来晾一下再用清水淘几遍。将淘干净的菜控干水分，放进大瓮里，然后倒入凉开水，再熬点面汤倒进去盖上盖子，五天至七天就可以吃上可口的酸菜了。虽然看似简单，但沤不好不是坏掉就是口感不好。这还是个技术活，丝毫不能马虎。

　　用芥菜沤的酸菜来制作手擀面特别美味，它不需要多高的厨艺，更不需要复杂高档的调料，它只用少许的葱花、姜片、蒜片和擀好的面条就行。炒酸菜卤子时，首先在锅里倒入少许油，待锅里的油升高到一定温度后，放入葱、姜、蒜煎成焦黄色，再把酸菜倒入炒熟即可。酸菜炒好后放到灶台等待面条出锅。面条下锅煮熟后，捞到碗里，按照个人口味把酸菜舀到面里，筋道的手擀面配上酸菜就是一碗地道的酸菜面了。

腌制芥菜疙瘩时，汤料要精细考究。蒜瓣、姜片、香叶、花椒、八角、桂皮一样都不能少。首先，准备十几斤上等的老陈醋，把蒜瓣、姜片、香叶、花椒、八角、桂皮放到老陈醋里，用文火慢慢熬。熬至沸腾、香味四溢后，捞出佐料自然放凉。准备一只干净的坛子，把切成片的芥菜疙瘩和料汁一起装进坛子里，封口十天左右，芥菜就腌制完成了。

吃饭时打开芥菜坛，用干净竹筷取出半碟，淋上麻油，配上饭吃，开胃又解馋。腌制好的芥菜疙瘩香脆可口，咬一口嘎吱脆响。

以前，家庭条件都不好，芥菜疙瘩是村里人的当家菜。如今，芥菜疙瘩变成了餐桌上的稀罕菜。离开家乡久居城市，尽管衣食无忧，餐桌上也每天变着花样，却总觉得少了点东西，于是更加怀念小时候的味道了，尤其是芥菜成了一种割舍不掉的情怀。

· 2023 年 1 月发表于《旅游》杂志

一碗暖心粥

妻子喜欢种菜，在城里没有找到适合种菜的地方，于是，每年都会在花盆里轮换着种些小蔬菜。

阳台种点蔬菜，家里环境不但得以美化，长出的菜还能丰富餐桌。冬天妻子会种上些冬寒菜，熬上一锅寒菜粥，让家人在寒冷时感受到家的温暖。熬粥时，妻子从花盆里取些冬寒菜，洗净、切好，放到将要熬好的粥里继续熬十几分钟，菜的芳香随之渗透到粥里。冬天，回到家喝上一碗寒菜粥，暖胃又暖心。

初冬的一个夜晚，我在单位加班写材料。深夜下班后，我行走在冬夜的大街上，刺骨的寒风吹在脸上，愈发感到寒冷。疾步走回家，疲惫的我顺势倒在沙发上。这时，妻子从厨房端来一碗寒菜粥、一碟葱花饼、一小碟咸菜。看到美食，饥肠辘辘的我肚子也咕咕响起来。一阵狼吞虎咽，桌上的美食就被全部消灭，我顿时感到全身暖暖的，身体也轻松了许多。

一碗简单的粥不仅营养丰富，还色香味俱全。冬天喝上一碗可以增进食欲，帮助睡眠。

喝粥时，一定要细细地品味。不仅要观其色，还要嗅其香、品其味，品出生活的甘甜，回味岁月的美好。

冬寒菜在我国分布很广，各地的叫法也有不同，比如冬苋菜、冬葵菜和冬葵等。四季时令蔬菜不同，但以蔬菜熬粥为食，做法却大致相同，类似的还有山药粥、菠菜粥、红薯粥等。

以不同的食材入粥，会有不同的口感和香味。不同的食材，经过不同的熬制方式，飘荡着独特的芳香。

其实，妻子种下的何止是蔬菜，更多的是对生活的热爱和对家人的温馨体贴。

· 2023 年 2 月 16 日发表于《乐陵市报》

人间最美 73 是春光

　　春日暖阳下，城市公园和乡村田野到处充满生机。春天总会给人带来无限希望和憧憬。城市广场上，儿童脸上洋溢着比春天还要灿烂的笑容，老人们对着话筒唱着自己喜欢的歌，总能迎来阵阵掌声，晒太阳的人们讲着过去的故事，他们从上午到下午追着太阳跑，在春日里享受温暖阳光的同时，身心也得到了愉悦。

　　春天，是大自然给人间最珍贵的恩赐，温暖的阳光是人们最容易获得的免费保健品。晒太阳是儿童、老人促进钙吸收的最佳方式。俗话说："阳光是个宝，晒晒身体好。"在户外，在暖阳下，浑身暖洋洋的，晒过太阳后，筋骨顿时感到灵活，晒太阳还有助于预防感冒。医学上说，经常晒太阳不仅可促进人体的血液循环，补充维生素D，还能增强人体新陈代谢和免疫功能，预防儿童佝偻病，对成人骨质疏松症也有着特殊的疗效。

　　老人能每天坚持晒太阳，身体会变得硬朗。晒太阳还能晒出健康和乐观向上的好心情。在简单平实的生活中，晒太阳是天底下老年人最惬意的事。既是温馨的慢生活，又是自得其乐的闲时光。

2010年春天我的腿意外受伤，髌骨骨裂，在医院做完手术后，住院半个月就出院回家休养。出院时医生叮嘱，每天要坚持喝牛奶，到户外多晒太阳。我按照医生建议，只要是晴天都会坐在门前晒两个多小时的太阳，出院半个月后，我就扔掉拐杖可以行走了，身边人都说，伤筋动骨一百天，可他们看到我的情况后都感觉不可思议。只有我心里明白，这和我坚持晒太阳有着直接关系。

晒太阳，可根据自身条件，选择自己喜欢的方式。喜欢扎堆的老年人可以坐在一起晒太阳；喜欢清静的文化人可以坐在院子里，搬一张可坐可躺的竹椅，泡一壶茶，拿一本书，一边阅读一边品茗，别有一番情趣。晒太阳实在是一种美好的享受。

城市高楼林立，没有乡村活动空间大。但是，照进楼宇里的阳光一样令人心情愉悦，每当阳光照射到我家阳台时，就会有几只鸽子飞到窗前，在春日的暖阳下栖息片刻，我也会从厨房拿些大米给它们投食，时间一长倒是有了一种默契。这仿佛春日暖阳赋予的一种力量，有温暖，有意境，更有诗情画意。窗台外，一群鸽子在暖阳里上下翻飞、咕咕叫着；窗台里的我，一杯茶、一卷书、一把躺椅、几盆绿植、一室阳光。因为有了温暖的阳光，天地间才有了如此美的休闲好时光。

· 2023 年 3 月 24 日发表于《劳动时报》

小瓜子嗑出大乾坤

74

《淮南子》一书中写道："尧之时，十日并出，焦禾稼，杀草木，而民无所食……上射十日……万民皆喜，置尧以为天子。"《后羿射日》这个家喻户晓的神话故事就发生在屯留区的三嵕山。在经济高速发展的今天，在这片神奇的土地上，崔荷英与李林岗夫妇培育出了香飘全国、年生产能力可达5万吨的现代化葵花籽深加工企业。

———

六月的屯留大地生机勃勃，绿意盎然。走进康庄工业园区葵花小镇，一座座标准厂房整齐排列，厂区内步道干净宽敞，道边处处绿树成荫。厂房内工人们在各自的岗位上忙碌着，一台自动化葵花籽筛选机在高速运转着，这台自动化筛选机能够确保不让一粒不达标的瓜子流向市场。在物流处理中心，工人们正在往包裹上贴着发往全国各地的物流条码。网络直播平台更是一片红火，直播业务员用甜美的声音介绍着工厂用新工艺生产的葵花籽系列产品。

负责接待我的是企业负责人崔荷英，初次见面崔荷英给人的印象是干练、睿智、大气。她向我介绍，8月，山西省乡村镇名优特产品牌展示暨"葵花小镇"全国订货会将在长治举办，到时采购商会达到1000多家。全市商务系统将组织乡村e镇龙头企业和省内大型连锁超市、农产品批发市场、采购商参加；通过全国各地山西商会等商协会和商贸合作机构邀请国内外客商前来洽谈采购；展会有乡村e镇名优特色产品、非遗产品、"老字号"产品等展销。还有农超对接会和"葵花小镇"全国订货会、乡村e镇发展论坛等重大项目签约仪式。"葵花小镇"作为此次活动的分会场，正在积极筹划抓住这次机遇，把企业宣传出去。公司把乡村e镇这张牌打好，才能发展好。近年来公司电商增销就说明了乡村e镇的重要性，公司以此为依托，实施"互联网＋"农产品进万家工程，经营主体开展农产品"网上销售"取得了较好的经济效益。

二

2000年，山西师范大学毕业的崔荷英、李林岗夫妻，舍去在大城市发展的机会，毅然回到屯留老家这片热土创业。他俩坚信在这片土地上创业一定会大有可为。回到老家创业的夫妻俩在当地注册了屯留县常村矿区荷英综合批发部，从此开启了他们的人生梦想。然而，现实是残酷的，他们没有资金、没有车辆、没有产品，就连手里拿的营业执照也是借钱办理的。他俩除了一腔热血可谓一无所有。

怀揣梦想、不甘心贫穷的夫妻俩硬着头皮向好朋友借了6000元去代理西安金海渔公司的产品。他俩忍痛放下年幼的儿子，坐上了去西安的大巴前去洽谈代理产品事宜。在和金海渔公司负责人洽谈过程中，公司负责接待他俩的人发现了他们的难处，破例赊给他们1500元的货。从客车上托运回7500元的产品后，面对的是没有车辆配送、没有客户交易的难题，怎么办？他俩克服了面前的重重困难，咬着牙坚持往前走，没车他们去租车；没客户，他们去市场找客户……就这样不懈地努力着、拼搏着，终于迎来了事业上的第一缕曙光。

寒来暑往，20多个年头转眼即逝，公司从创业时代理的一个品牌，现已增加到了40多个品牌；从当初没有一辆送货车，增加到现在的30多辆车；从没有一个客户，增加到5000多个终端网店，且于2009年成立了长治市荷英商贸有限公司，成功注册了"荷英"商标，获得了"山西省著名商标"称号。在当时，属于山西省著名商标的服务商标，全山西省只有两家，其中一家就是长治的荷英商贸，因为这块金字招牌，公司获得长治市人民政府30万元现金奖励。

崔荷英和丈夫李林岗是一对模范夫妻，更是创业兴业艰辛历程中的好搭档。他们密切配合、相互支持、互学互补、共同进步，不断学习和汲取新知识、新观念、新技能，使企业始终按照正确的发展方向迈进，取得了良好的经营业绩。

三

2019年，公司投资6000万元征地20亩，进行二期扩建，公司还承担了社会责任，吸收闲散劳动力150余人。根据市场需求开发畅销产品，创造了良好的社会效益和经济效益。今年公司两次参加屯留区妇联举办的"云上好品·巾帼助农"直播带货活动，采取买三送一的活动方案让利给消费者，收到了预期的效果。产品销售范围不仅在本地区实现了全覆盖，而且覆盖到全国不少地方。

2020年面对特殊的形势，在地方物资紧缺的情况下，公司积极筹划，为屯留区渔泽镇、康庄工业园区等六个地方捐款捐物，贡献力量。

崔荷英作为区妇联执委、区政协委员，深感肩上责任重大，因此，她把做好本职工作和履行妇联职责紧密结合起来，把自身作用发挥在工作岗位和日常生活中，做好基层妇联组织联系妇女、凝聚妇女的重要"家门口"服务平台，让更多的女性感受到妇女组织的温暖。

· 2023年6月27日发表于《山西市场导报》

南流风景美如画

　　仲夏时节，太行山万物并秀，草木葳蕤，大地呈现出一股蓬勃向上的力量。在这美好的季节，我应山西省散文学会长治分会邀请，有幸参加了长治市潞城区辛安泉镇南流村采风活动。按照通知要求，7点多我开车来到"八一广场"集合点。

　　南流村位于潞城区辛安泉镇东南部15公里处，距市区30公里，在黎城、平顺、潞城的三县交界处。这里三面环山，属盆地气候，因比市区海拔低，气温相对高。南流村以水资源而闻名，这里泉眼分布广泛，有地泉、井泉、群泉、山泉、矿泉等各种形态的泉水。这里山清水秀，气候宜人，素有上党"小江南"之美誉。潺潺流过的漳河像一条没有瑕疵的玉带系于南流村的腰间，顺着山势蜿蜒而下，美丽的河水把村庄映衬得秀美端庄。南流村历史悠久，村中有着年代久远的磨坊，它见证了南流村先人活动的痕迹，村中央元代的关帝庙建有正殿、东西配殿和戏台等，古庙的色调是统一的砖红，雕刻极其精细，塑像宏伟高大。

　　南流村红色文化丰富，现有抗日战争留下的藏粮、藏兵洞遗址和革命纪念碑。村里还有和平顺西沟李顺达同一时期的全国劳模刘聚宝。南流村的甩饼很有名，民间流传："要想真解馋，咱到甩饼摊，饱饱吃一顿，如同小过年。"现如今，南流村办起了农家乐，发展了自己的窑洞文化、剪纸艺术。干净的农家小院和善良的农民用以当地土特产为主的农家饭菜迎接八方来宾。2006年，南流村被评为省级新农村。现在，南流村节假农闲时文化活动非常丰富，许多人会吹拉弹唱、扭秧歌、打腰鼓。为了更好地发挥本村地理环境优势、历史文化底蕴深厚的条件，南流村"两委"班子依托着得天独厚的自然和文化景观资源优势，带领村民发展生态旅游产业，挖掘传统文化。

游走在南流村，你会被这里的自然风光和历史厚重感所折服，这里不但有北方的农作物，还有南方的水车和稻田。古语说，饮水思源。六十多年前，国家部署了一场潞安煤炭大会战，华北煤田地质局二大队在出色地完成潞安煤炭勘探任务之后，又在苏联专家断言潞安缺水源矿区不能建的情况下，受命组建了一支水源普查分队，发扬勇敢顽强、不畏艰难、艰苦奋斗、乐于奉献的"太行精神"和地质队员"三光荣四特别"的精神，历时8个月，备尝艰苦，最终在南流村发现了辛安泉多处泉眼。辛安泉的发现保证了潞安矿区建设，使太行深处的乌金宝藏为托起祖国的钢铁脊梁贡献了力量，也为长治工业的发展、人民的生产生活，提供了可靠的优质水源。

历史上，有关辛安泉的记载可追溯至唐宋年间，距今有一千余年的历史。据考证，1920年以后，辛安村附近的泉点增多、流量增加，西流、南流、王曲、辛安、石会等大泉喷涌，形成多条泉水河流。时至今日，依然是泉水流畅，汇集奔腾，汇入漳河。清波荡漾、潺潺涟涟的辛安泉像时间一样不知疲倦，奔腾不息，滋养着漳河两岸的人民。

此时，河边传来阵阵欢笑声，放眼望去，河边草地上，一顶顶帐篷错落有致，孩子们正和家人在草地上欢快地嬉戏着，我们顺着喊叫声来到河边，一群人正铆足了劲扯着嗓子"喊泉"。我看到河边有一个人工围起的直径3米多的小水池，水池里有许多不规则的小泉眼，随着人们呼喊声的高低会出现大小不一、节奏不同的泉眼。喊声伴着欢笑声回荡在河的两岸，这声音就像奏响了南流村人民勤劳致富、幸福安康的欢乐乐章。

· 2023 年 8 月 29 日发表于《山西市场导报》

金秋时节
寨上村

　　金秋时节，长治秋天的画卷已徐徐铺开，今年又是一个丰收年。在潞城区寨上村田野上处处是庄稼人忙碌的身影和丰收的场景。村庄里弥漫着从农家小院飘出的缕缕醉人秋香，庄稼人尽情享受着丰收的喜悦，一张张笑脸与金黄色的玉米交相辉映，勾勒出一幅幅动人的金秋收获图。他们正用勤劳的双手绘出一幅幅美好"丰"景。

　　寨上村东靠老顶山，与平顺县接壤，村里的土地属丘陵地带，这里人杰地灵，环境优美，民风淳朴，是宜农、宜商、宜业、宜居的理想所在。2019年6月6日，寨上村被列入第五批中国传统村落名录。寨上村现遗存古迹有建于嘉庆年间的刘家大院、乾隆年间重修的观音堂和传说中东汉年间的古寨遗址，以及民国年间的古窑洞和有地域特色的民居院落。

　　寨上村民居建筑具有北方建筑风格。民居建筑实用性和艺术性完美结合，具有一定的审美性，还能让人领略到北方特有的粗犷的艺术之美。民居院落布局合理、精致，在欣赏古建筑时还能体验到民居文化带来的精神享受。寨上村砖石雕刻内容多为花卉龙凤、飞禽走兽，栩栩如生，有较深的寓意。

寨上古村的来历，据资料记载与羌城村建村历史有关。《潞城市志》卷一建置《部分村名考》中描述：相传东汉永初年间，羌族人民奋起反抗统治者，在该村建立了行政村。东汉安帝永初年间，羌族人大规模迁入山西，随着战争的平息，一部分羌人定居到上党地区，其中潞城市南部是其主要居住地之一。

寨上村村委会依托本村自然资源、乡村民俗、历史文化传承和古民居系统规划，突出地域特色，打造潞城第一窑洞民俗体验园、老陈醋文化园等，村委会同有老民居的村民签订合作协议参股改造老屋，改造后吸引游客来村里休闲度假。同时把农村人居环境建设，作为传统村落保护工作的重要环节。千年古堡寨上村勇于创新，并结合自身特质，挖掘产业特色，明确了自身的发展思路。

寨上村村委会以打造乡村休闲、文旅产业为抓手，为村里积极探索发展思路。从细节入手推进农村人居环境建设，以此推动美丽乡村建设，加大传统村落保护力度。村里先后对进村路、主街道进行了硬化，建设了排水沟；对村主街的墙体统一设计改造，形成格调一致的景观风格；修建了绿化带、安装了景观灯；进行全村卫生厕所改造工作，修建了公厕，把原来的垃圾场改建成村民休闲活动广场，安装了健身器材和儿童游乐设施，从硬件和软件上逐步完善，丰富了村民业余文化生活，提升了村民舒适、优美的居住体验。村委会主任王海明说："环境美了，才能吸引到投资，游客才愿意来。村里有别具一格的羌族文化遗址，有独具特色的古院落，有抗战时期的战场旧址，古色、红色、绿色文化资源丰富，发展乡村旅游一定大有可为。"

寨上村在高质量发展乡村旅游、全面推进乡村振兴方面进行了一系列重要举措。村委会准确把握乡村旅游高质量发展的未来方向，坚持规划引领，抓好乡村休闲旅游这条主线，突出地域特色和民俗风情。坚持生态保护理念，完善基础设施建设，打造极具地域特色的民宿集群，带动村民收入稳步增长。

寨上村村委会打算围绕羌族文化主题，依托现有古院落，全力打造"上党第一羌文化"名片和潞城第一窑洞民俗体验园，推出窑洞体验等活动展现古堡之美，展现古老的"圆羊"习俗，把古堡羌城寨的历史展现给游客。未来的寨上村会吸引更多游客来这里旅游观光。

· 2023 年 11 月 21 日发表于《山西市场导报》

腹有诗书 气自华

读一本好书，就像旅行途中遇到一处触及心灵的风景。

闲暇时，泡一杯清茶，坐在沙发或书桌前捧一本书，在悠闲的时光里享受阅读带来的那份惬意。人生的成长不只是生活阅历，还可以利用碎片时间，不断地阅读和思考，用崭新的视角来审视当下，使内心更成熟和丰盈。书读多了，知识就多了，遇到困难解决的方法也就多了，困惑自然就少了。

生活中不如人意之事常有，很多时候难以跳出自我认知，烦恼也就不请自来。正是因为有这样那样的矛盾和困惑，我们才需要通过阅读来丰盈自己的灵魂，从而提高认知。

一本喜欢的书，会让人静下心来和文字对话，和作者对话，和自己的过往对话，也和自己内心对话，读出的是那个曾经的自己，或悲伤或愉悦，或沉迷或清醒。这可能就是阅读给我们所带来的乐趣吧。

三毛说："读书多了，容颜自然改变，许多时候，自己可能以为许多看过的书籍都成过眼云烟，不复记忆，其实它们仍是潜在的。在气质里、在谈吐上、在胸襟的无涯，当然也可能显露在生活和文字中。"

古人也说：腹有诗书气自华。爱读书之人的气质就是与不爱读书的人不一样，看上去精神面貌也不一样，显得儒雅、有精神。所以，读书可以改变生活、改变气质。

古往今来，很多人喜欢苏轼，除了他的才华，还有他对人生的态度和内心的格局。"莫听穿林打叶声，何妨吟啸且徐行。竹杖芒鞋轻胜马，谁怕？一蓑烟雨任平生……回首向来萧瑟处，归去，也无风雨也无晴。"面对叵测的未来、曲折坎坷的路途，处变不惊、从容宁静才是人生应有的态度。

人的修养和学识，需要后天通过读书、通过磨炼和开悟，通过自我提升才会变得优雅。"行到水穷处，坐看云起时"，这就要求我们不断地修炼自己的内心，涵养内心的风景，使自己成为有修养的人、优雅的人、处变不惊的人。

· 2023 年 12 月 9 日发表于《惠州日报》

78

从『老破小』到桃花源的蝶变

　　东晋诗人陶渊明归隐田园，创作了千古传诵的《桃花源记》，陶渊明笔下的桃花源，像一个功能简单、生活安逸的普通村落。村落外有群山环抱、溪流潺潺；内有阡陌交通、鸡犬相闻，有子孙后代持续发展的空间。有良田、美池、桑竹，土地宽阔、水源充沛、植被丰茂，生态环境良好宜居。有"屋舍俨然"，房屋建设整齐，规划合理。有"阡陌交通"，土地划分得宜，道路四通八达。"黄发垂髫，并怡然自乐"，老有所养，小有所依，人们身体健康、生活安逸。

　　随着城市的快速发展，长治市老旧小区已跟不上时代的步伐。长治市潞州区紫东公路小区建于20世纪90年代初，作为一个典型的老旧小区，一度被贴上"脏、乱、差"的标签。

　　在小区里，我正好遇到检查日常工作的小区党支部书记王安民。王安民是一名转业军人，他身体敦实，说话掷地有声，佩戴在胸前的党徽熠熠生辉。当我提到老旧小区改造和物业管理时，他一下打开了话匣子：紫东公路小区建于20世纪90年代初，共有5栋住宅楼，162户、568人，是一个有着30多年房龄的老旧小区。这个小区原来是长治市公路分局后勤管理，属于家属院形式，随着长治公路分局实行预算管理，小区处于无人投资、无人管理的境地。因管理落后，安全隐患诸多，整个小区就像杂乱无章的大杂院。

2019年8月30日，长治公路分局党委推荐，紫金街道、八一社区党委共同组织召开小区党员大会，成立了小区党支部，由王安民担任党支部书记。党支部以楼栋为单元建起了党小组，设立便民服务岗、民事调解岗、文明监督岗、文体娱乐岗、敲门问帮岗等7个专岗，并在党员家门口悬挂"党员中心户"的牌子。现在小区有什么需要、诉求，也知道该找谁，居民有了主心骨。

2021年2月，改造工程正式拉开序幕，项目总投资700余万元，对楼栋外立墙面、外墙保温、地下水暖管网、屋顶防水、路面硬化、绿化等方面进行改造，同时对道路照明、停车位、杂物间、单元防盗门、自行车棚、围墙、公厕及小区内休闲公园、健身器材等配套设施进行提档升级。

紫东公路小区的居民以老年人和小孩子居多，由于公共设施缺乏，日常生活不便。小区党支部充分征求广大居民的意见和建议，合理规划公共空间，开设便民超市，方便居民日常购物；重建了小区大门，增加车牌识别系统；铺设柏油路面500平方米……为了照顾老人们的怀旧情结，在改造过程中还保留了原有的菜窖。小区王师傅说："现在冬天的菜市场啥菜都能买到，保留菜窖是一种人文关怀和历史记忆。"

小区还把老年活动室和高标准门球场对小区全体居民开放，辐射带动社区周边的老年人也参与进来，现在这里成为周边老人的网红打卡地，极大方便了老人们的日常生活，增强了居民的获得感、幸福感、安全感。王安民介绍说："我们的食堂已经准备就绪，助老餐厅这个提法已经叫响了，咱们的日间照料中心也初具条件，以后居住在小区的老人居家养老将会更舒心。"

东街师范家属院（北区）业主委员会成员牛老师介绍说，东街师范家属院（北区）位于长治市潞州区东街街道187号，始建于20世纪90年代，用清水墙建造，冬季保暖效果差。小区长时间无人管理，垃圾随处堆放，小区道路是六棱水泥砖铺设，因铺设年代长久，水泥砖破损松动，随着时间的流逝，小区逐渐暴露出管理缺失、生活环境差等问题，如外墙布满"蜘蛛网"、雨污管道多年未清理，遇到下雨天污水满地跑，严重影响居民的生活质量，成为困扰小区居民多年的烦心事。雨天出门回到家满腿都是泥，很多住户厌烦这里的环境，就搬走了。

2022年小区被列入潞州区老旧小区改造项目。在改造过程中，街道社区通过深入走访调研、座谈交流等方式充分征求居民意见，制定出了切实可行的改造方案。改造过程中，解决外墙保温、暖气管道、雨污分离，以及水、电、路等基础设施老化问题，并针对居民普遍关注的停车难、活动空间少、管线杂乱等问题，进行了全面整治规划，小区安装新的健身器材供居民健身。在小区西面有一块空地，改造前居民有用泡沫箱种植蔬菜的习惯，为了保留这一传统，改造时专门整理出一块20平方米的菜地供居民种植。现在这20平方米的菜地里种了10多种蔬菜，孩子们放学后喜欢到菜地里观察蔬菜的长势，菜地也成了小区孩子们的研学小课堂。此时我想起辛弃疾《清平乐·村居》中的诗句："茅檐低小，溪上青青草。醉里吴音相媚好，白发谁家翁媪？大儿锄豆溪东，中儿正织鸡笼。最喜小儿亡赖，溪头卧剥莲蓬。"

现在东街师范北小区聘请了一家综合实力强的专业公司——鑫浩鹰物业管理有限公司管理。春节，物业会邀请小区爱好书法的业主参与写春联活动；端午节，物业会邀请业主举行包粽子活动，增进小区业主邻里间的感情。我在和居民聊天中还了解到，如今改造后的小区房子很抢手，可以说是一房难求，价格也高于周边高层建筑住房。改造不仅提升了老旧小区外露"面子"，更做实了惠民"里子"。

市住建局党委书记、局长张庆宏说："省委组织部提出了打造'新晋邻'城市基层党建品牌，创建党建品牌使党建工作从零散到系统，从特点到特色，让工作干有方向、行有参照，树立起党建工作的良好形象，扩大党建工作的认知度、知名度、影响力、号召力。积极探索老旧小区改造和红色物业管理服务工作，努力打造响当当的'长治物业'品牌，以高质量党建引领高质量发展。街道、社区、小区党组织围绕'新晋邻'等党建品牌创建要求，结合实际、认真研究、做实工作，提升小区治理能力，从而提升城市社区精细化、精准化服务水平；开展"红色物业"品牌创建。通过加强服务人员管理，改进服务方式，为业主提供亲情化服务，提升群众的幸福感和满意度。"

· 2024 年 7 月 2 日发表于《山西市场导报》

79

种菜的情趣

假日的一天，我站在老家的小院里看菜池中的葱、韭菜、香菜、菠菜。菜池里的菜长势喜人，绿意盎然的蔬菜为小院增添了不少生机。菜池中的葱，笔直挺拔，宛如站岗的士兵，守卫着这片小小的菜园；韭菜温柔地摇曳着，像在跳优美的舞蹈；香菜散发着清新的香气，让人闻之心旷神怡；菠菜的叶子则像一片片绿色的羽毛，轻盈而灵动。

亲手种下的蔬菜，都有着一股向上生长的力量，我心中顿时充满了喜悦和成就感。这些蔬菜是大自然对我的馈赠，也是我辛勤劳动的结晶。在这个喧嚣的世界里，星期天或节假日回到老家的宅院里，这片小菜园便成了我心灵的避风港。给蔬菜浇水、除草，观察它们的长势，一股对生命的敬畏和感恩之念浮现在脑海。

当蔬菜成熟时，我会小心地采摘，感受着手中那沉甸甸的收获。偶尔，我也会邀请几个好友共同分享这份收获的喜悦。大家围坐在一起，共同品尝这些新鲜的蔬菜，到兴头上再小酌几杯，这是何等惬意！好友们在赞美这美味的同时，畅谈着生活中的点滴趣事，欢快的笑声在小院中回荡，友情在彼此心中流淌。在这个过程中，我不仅体验到了劳动的快乐和生活的美好，还感受到了与好友分享的快乐。这些蔬菜不仅滋养了身体，更拉近了我们之间的友谊，不经意间，小院就成了好友之间互相倾诉的场所。

小院的菜池虽然不大，却蕴含着无限生机和希望。它让我感受到大自然的魅力，也让我更加珍惜生活中的美好。在这里，我拥有了一片属于自己的宁静角落。菜池虽小，但是收获到的美好和幸福却很多。

随着时间的推移，小菜池中的蔬菜越来越丰富。我尝试着种植各种不同的蔬菜，每一次尝试都是一次新的挑战和学习。我学会了观察植物的生长状态，了解它们的生长需求，也更加懂得如何去呵护和照顾它们，从中也悟出很多人生哲理。

从种菜到收获的过程中，我也体会到了等待的滋味。种菜需要耐心，不能急于求成。每一颗种子都需要时间去发芽、生长、结果，而这种等待也让我学会了珍惜，珍惜每一个成长的瞬间，珍惜生活中的每一次收获。

小院的菜池不仅是我的劳动成果，更是我生活中的乐趣所在。它让我在繁忙的生活中找到片刻宁静，让我感受到人与自然共生共存的和谐。我要始终保持这份对生活的热爱和对自然的敬畏，不断拓展自己对生命的认知，让这片小菜池永远充满生机和活力。

· 2024 年 7 月 11 日发表于《上党晚报》

✳ 附

点亮银河的星光

——评李志斌《一样的烟火　不一样的人生》

捧读作家李志斌新书《一样的烟火　不一样的人生》，我感慨万千。几年前，我通过紫薇平台偶然"认识"了作者，知道他是一位勤勉的作家，也经常看到他的文章发于大报大刊，没想到的是，短短几年，他竟积累了如此多的佳作。"涓涓细流，汇成大海。点点星光，照亮银河。"这部底蕴厚重、包容万象的散文集，正如点亮银河的一道星光，照亮了你我，照亮了宇宙万物。

李志斌是山西长治人，离我的第二故乡河南洛阳只有两百公里，因此，他的文章常令我感到熟悉和亲切。比如打铁花，这项在河南、山西广受欢迎的民俗技艺始于北宋，盛于明清，是国家级非物质文化遗产代表性项目，也是作者不可磨灭的乡土记忆。

书的开篇便是《最忆正月"铁梨花"》："正月十四这一天，村里的人会用打'铁梨花'的方式庆祝节日。""铁水立即被弹向梨树，瞬间与梨树的枝干相碰撞，顿时呈现出朵朵艳丽的红花，铁花也随着汉子们的节奏此起彼伏，孩子们在铁花的映衬下露出欢快的笑脸，空旷的田野顿时充满呐喊声和欢笑声。"

李志斌饱蘸深情的笔墨，写遍了春夏秋冬。在他的笔下，《人间最美是春光》："窗台外，一群鸽子在暖阳里上下翻飞、咕咕叫着；窗台里的我，一杯茶、一卷书、一把躺椅、几盆绿植、一室阳光。"在他的笔下，《半夏》的乡下小院，清凉惬意，瓜果飘香；秋天可思悟，可捡拾，《每一片落叶都有故事》；冬天大雪纷飞，《雪中的塔松》中塔松挺且直，"像身披绿色盔甲的勇士，列队接受着严冬的考验"。

故乡，是最令李志斌魂牵梦萦的地方，那里的沟沟坎坎、坡坡岸岸，都写满了他成长的故事。十六岁那年，李志斌第一次离开山西长治的故乡，到了千里之外的湖南怀化市通道侗族自治县某小镇参军；三十一岁那年，他转业回故乡，又听到了久违的乡音，见到了童年的玩伴，就连村庄的炊烟也一切如昨……他感慨《故乡从未远去》，故乡就在身边。

提起故乡，他有说不完的人和事，写不尽的思念和回忆。《窑洞里的童年》《儿时的菜窖》《母亲的土地情缘》《跟着奶奶采冬花》《老井情深》等篇章乡愁氤氲，引人入胜；《姥姥家门前的香椿树》《就馋老家那碗猪汤》《榆皮面饸饹里的乡愁》等篇章，则将故乡美食的诱人风味描摹得色香俱全，令人垂涎三尺。

军人的心中都珍藏着两个故乡，第一故乡是出生的地方，第二故乡是参军成长的地方。李志斌同样忘不了从军十五年的第二故乡，《绿色军营常入梦》《唱支军歌庆"八一"》写满了他对第二故乡的思念。转业多年后，他和战友们相约《探访第二故乡》："很快我们就到了尚文龙当年所在的营区。尚文龙当时是修理连连长，他和爱人唐莉也是这期间结的婚。修理连的房子还保留着，不过已人去楼空。阵阵香气飘来，我们这才发现了满院的桂花树，闻着桂花香，不由得想起李清照的诗句：'暗淡轻黄体性柔，情疏迹远只香留。何须浅碧深红色，自是花中第一流。'尚文龙说这些树都是他当年带着连队战士上山挖来种下的，比起原来粗壮了不少。我们感慨，树是有灵性的，它用独有的香味迎接着主人的到来。"文字淡而香，真情弥漫，令人回味。

如今，他的儿子也是一名军人，在大学毕业后带着"男儿何不带吴钩，收取关山五十州"的豪情光荣地加入火箭军方阵。儿子参军五年没有回家过年，对此，他既心疼儿子，又为儿子感到骄傲和自豪，《穿军装的全家福》写出了两代军人的接力，没有军人无私报效祖国，哪会有国泰民安、天下太平？

《一样的烟火　不一样的人生》收录了李志斌的79篇散文，涵盖了故乡风物、军旅生活、闲暇情趣、人生哲学等篇章，看似寻常烟火，朴实无华，细品却情真意切，动人心弦。李志斌当过兵、扛过枪、下基层当过干部，如今他执起笔来，倾情书写不一样的人生。他的这部作品仿佛一道星光，照亮了身边的人，点亮了你我他。渐渐地，星光蔓延，一闪一闪地，亮成了一片，照亮了遥遥银河……

（书评人：乔欢）